DREAMBOOKS

루비와 황금저울

5

렘넌트 판타지 장편소설

ORIGINAL FANTASY STORY &ADVENTURE

dream
books
드림북스

루비와 황금저울 5

초판 1쇄 인쇄 2017년 11월 20일
초판 1쇄 발행 2017년 11월 27일

지은이 렘넌트
발행인 오영배
기획 박성인
책임편집 편집부
디자인 권지연
제작 조하늬

펴낸곳 (주)삼양출판사 · 드림북스
주소 서울시 강북구 도봉로 173
대표 전화 02-980-2112 **팩스** 02-983-0660
편집부 전화 02-980-2116 **팩스** 02-983-8201
블로그 blog.naver.com/dreambookss
출판등록 1999년 3월 11일 제9-00046호

ISBN 979-11-313-0671-0 (04810) / 979-11-313-0666-6 (세트)

드림북스는 (주)삼양출판사의 판타지 · 무협 문학 브랜드입니다.

루비와
황금저울
5
렘넌트 판타지 장편소설
ORIGINAL FANTASY STORY &ADVENTURE
dream
books
드림북스

Contents

Chapter 1.
정령 사용법

첫째 날.

아카드는 제국은행 선착장에 도착하자마자 낯선 기사들에 의해 이상한 방으로 끌려왔다. 그들은 가타부타 말도 없이 그를 의자에 앉히고는 한마디만 남긴 채 떠나 버렸다.

"말할 준비가 되면 저기 문 옆에 있는 버튼 보이지? 저걸 눌러. 그럼 널 고통에서 꺼내 줄 테니까."

그 말을 끝으로 자신을 데려왔던 자들은 문밖으로 사라졌다.

'표적 수사인가?'

귀족 세계에서 거슬리는 자들을 쳐 내기 위해 흔히 행해지는 수법이다.

'대륙 전쟁이 끝났으니 버리겠다는 건가? 그럴 만도 하지. 중앙 귀족 세계에서 아버지는 가시 같은 존재니까.'

얼굴이 찢어질 것 같은 냉기 속에서도 아카드는 동요도 하지 않았다. 목숨이 오가는 전쟁터의 추위도 몇 해나 견뎌 냈던 자신을 고작 이따위 냉기 따위로 무너뜨리려고 하다니.

어차피 귀족을 무단 감금할 수 있는 시간은 일주일.

아카드는 차분히 앉아 시간이 지나가기만 기다릴 뿐이었다.

둘째 날.

추위는 점점 심해지고 냉기는 뼛속까지 파고들기 시작했다. 팔다리 관절을 움직일 때마다 고통으로 비명을 지를 뻔했지만 참았다. 입술이 얼어붙어 열리지도 않았다.

머리카락과 눈썹에 하얀 서리가 앉을 때쯤 힘든 와중에도 실소가 흘러나왔다.

'내가 이 정도밖에 안 되나?'

아카드는 피식 웃었다.

분하지만 한없이 약한 자신을 인정해야 했다.

―이 새끼! 거기 안 서! 잡히면 죽어!

―라그니스 님! 살려 주세요!

아카드의 고통과 관계없이 신체 내부에서는 도망치는 실리안과 잡으러 가는 라그니스의 추격전이 벌어지고 있었다.

"투덜이 나와."

"왜! 왜! 저 새끼 잡아야 하는데 왜 불러!"

활활 타오르는 불덩이 하나가 오만상 인상을 찌푸리며 나타났다.

불덩이의 정체는 중급 불의 정령 라그니스.

매사에 성격이 급하고 불만 가득한 불의 정령에게 아카드는 투덜이라는 별명을 붙였다.

"일 좀 해야겠다."

"뭐! 뭐! 나도 피곤해서 일 못 해!"

망할 정령들은 뭐든지 한 방에 들어주는 법이 없다.

"역시 첫째가 가장 능력이 좋은가? 얍삽이는 내가 위험할 때 내 몸에 빙의해서 힘 좀 쓰던데, 넌 할 줄 아는 거 없어?"

얍삽이는 바람의 정령 실리안의 별명이다.

"참, 나! 어이상실이네. 감히 불의 정령 라그니스 님을 저딴 바람잡이랑 비교하는 거냐? 내가 마음만 먹으면 이 방 따위는 불바다로 만들 수도 있어."

"불바다로 만들 필요는 없고 내 몸을 좀 녹일 수 있나?"

"그 정도야 가뿐하지."

"거짓말인 것 같은데."

"이 양반이 속고만 살았나. 기다려 봐!"

투덜이가 들어오자마자 얼어붙었던 몸이 순식간에 녹아 버렸다. 얼었던 머리카락에서 물이 증발해 버리고 어느새 몸은 정상으로 돌아왔다.

"나한테 이깟 일은 아무것도 아니야!"

역시나 단순한 놈이다.

단지 걱정되는 점은 투덜이 자식이 너무 힘을 쓰는 바람에 몸이 타 버리지나 않을까 하는 것이다.

셋째 날.

정령들이 머무는 정신의 방으로 들어왔다. 정령에게 육체의 제어를 맡기면 혼이 자동으로 정신의 방에 들어오는 것 같았다.

정신의 방에 들어오니 아무도 없는 방에서 실리안이 주인 행세를 하고 있었다.

"왔냐? 마스터."

"얍삽이. 나가."

쎄에에엥.

아카드와 실리안 사이에 싸한 바람이 휘젓고 지나갔다.

"마스터, 갑자기 왜 이렇게 까칠하셔?"

아카드를 바라보는 실리안의 눈동자가 바쁘게 돌아갔다. 마스터의 상태가 최악이라는 것을 눈치챈 바람의 정령은 급 얌전하게 태도를 바꿨다.

"기분 안 좋다. 적당히 하자."

"알았삼. 마스터."

실리안은 금방 꼬리를 말았다.

평소의 아카드라면 그냥 넘길 일이지만 극도의 추위를 겪었기에 저도 모르게 날카롭게 반응한 모양이다.

"저 알은 뭐지?"

구석에 타원형 모양의 알이 가지런히 세워져 있었다. 각각 황금색과 푸른색을 띄는 둥근 알은 깊숙한 곳에서 신비로운 색을 뿜어냈다.

"저거? 봉인된 정령."

"봉인된 정령?"

거리가 가까워질수록 부르르 진동하며 깜빡이는 빈도가 늘어났다.

"쟤들은 왜 저러고 있어?"

"그거야 답답하니까 그렇지. 저 속에 갇혀 있으니 오죽 답답하겠어."

신비한 빛에 이끌려 아카드가 조금 더 가까이 다가가니 알이 점점 더 깜박이며 진동의 강도도 올라갔다.

아카드는 오묘하면서도 신비한 느낌에 자신도 모르게 황금색 알을 향해 손을 뻗었다. 단단하면서도 차가운 느낌이 손끝을 타고 올라왔다.

"황금색 알은 무슨 정령이지?"

"걔? 대지의 정령. 절대 깨울 생각하지 마. 나 엄청 피곤해져. 잘생긴 정령만 보면 쫓아다니거든. 내가 걔 때문에 얼마나 피곤한지 알아? 마스터도 알다시피 내가 정령계에서 한 외모 한단 말이지……."

아카드는 실리안의 말을 무시하며 이번에는 푸른색 알을 향해 손을 뻗었다.

물컹하면서도 포근했고, 추위에 민감해졌던 기분이 풀리는 것 같았다.

"얘는 무슨 정령이지?"

"물의 정령. 걔도 깨울 생각하지 마. 도움은커녕 민폐만 잔뜩 끼치는 녀석이니까. 어차피 당장은 깨우지도 못할 테지만."

"그게 무슨 소리지?"

"무슨 소리긴. 마스터가 지금 가진 마나로는 부족하다는 말이지."

아카드는 잠깐 의아한 생각이 들었다. 총집사에게 듣기로는 최상급 정령석을 몇 개나 자신의 몸속에 주입시켰다고 들었다.

그런데 마나가 부족하다고?

우연한 기회에 꿈에 그리던 정령사가 되었다. 하지만 아카드는 기초 지식이 전혀 없었기에 실리안에게 물을 수밖에 없었다.

"내 마나가 쟤들을 깨우기에 부족한 편이었나?"

"마나야 드럽…… 아니, 아주 많지. 그런데 현실을 자각하라고. 마스터는 초급 정령사야."

"초급 정령사?"

정령사가 사라진 지 500년.

당연히 정령사에 대한 기록은 극소수일 수밖에 없다. 그나마 있는 것들도 진위를 알 수 없는 것이다. 일대기나 역사서에 나오는 인물들의 활약상 중 극히 일부분에 불과하다.

정령사에 대해 무지한 것은 당연했다.

"설마 정령사에 대한 기초 지식도 없는 거야?"

"말해."

갑자기 실리안이 아카드를 대하는 태도가 미묘하게 변했다. 건수를 크게 잡았다는 표정이다.

"이거 어떻게 하지? 정령의 입장에서 우리 잘나신 마스

터에게 주제넘게 가르칠 수도 없고. 그렇다고 이 몸이 가
르쳐 주지 않으면 늙어 죽을 때까지 초보 정령사 딱지도 못
뗄 것 같고."

갑자기 실리안은 무게를 잡고 살살 약 올린다.

이제까지 손해 본 것을 전부 만회하겠다는 느낌이 강하
게 전해졌다.

하지만 아카드가 누군가?

화살이 비처럼 쏟아지는 상황에서도 손해를 본 적이 없
는 검은 상인이다.

"투덜이한테 물어보지, 뭐."

"그렇게 하시든가. 때려 부수고 불 지르는 데에만 관심이
많은 라그니스 님께서 차분하게 알려 줄지는 미지수지만."

이 자식 의외로 세게 나온다.

"원하는 게 뭐야?"

이길 수 없는 싸움이다.

절대적으로 아쉬운 쪽은 이쪽이다. 결국 원하는 것을 얻
기 위해서 필요한 것은 거래였다.

"정령들 중 가장 먼저 나를 상급 정령으로 진화시켜 줄
것."

"약속하지."

훗날 '다른 정령을 먼저 진화시킬걸'이라고 후회할 일이

생길지도 모른다. 하지만 그것도 정령사로서 어느 정도 경지에 다다랐을 때의 이야기다.

그 '어느 정도'의 경지에 다다르기 위해서는 지금 당장 실리안의 도움이 필요하다.

"그리고……."

"죽을래?"

"정말 쉬운 거야. 고양이로 소환되면 먹고 싶은 생선 마음껏 사 주기. 마스터 정말 쉽지?"

"……."

실리안은 간절한 눈빛으로 아카드를 바라보았다.

"거래 성립. 우선 정령사의 경지부터 설명해 봐."

음식을 달라고 조르는 고양이 같은 모습에 아카드는 피식 웃고 말았다.

"에헴. 위대하신 바람의 중급 정령 실리안 님께서 설명하는데 마스터는 무슨 딴생각을 하는 거야. 잘 들어. 두 번 이상 설명 안 해 줄 거야."

정령 주제에 어디서 본 것은 있나 보다. 원하는 것을 모두 얻어 낸 실리안은 마치 교수님처럼 폼을 잡더니 정령사가 알아야 할 지식에 대해 설명하기 시작했다.

"인간들이 구별하는 정령사의 경지는 크게 세 가지야. 첫째……."

불행과 행운은 종이 한 장 차이라고 했던가?

정령사의 지식과 마지막 정령사 샤피르의 유산까지 얻게되었으니 이런 것이 바로 기연이다.

처음으로 자신을 가둔 정보청 직원에게 고맙다는 생각이들었다.

*   *   *

이곳은 특수한 방이었다.

두꺼운 벽돌로 만들어진 마루와 벽.

방 안엔 단 한 줌의 빛도 찾아볼 수 없었다.

방의 유일한 문은 굳게 닫혀 있었다. 강철로 만들어진 문은 차가운 냉기로 얼어붙은 채 열리길 거부하고 있었다.

싸늘한 냉기만이 존재하는 방 한가운데에 아카드가 의자에 앉아 눈을 감고 있었다.

삼 일 동안 물 한 모금도 마시지 않았지만 불편한 기색은전혀 보이질 않았다. 방을 뒤덮고 있는 어둠과 냉기가 자신의 체온을 빼앗아 가는데도 평온한 표정으로 멍하니 생각에 잠겨 있었다.

칠흑의 어둠과 잘 어울리는 검은 머리카락과 가지런한이목구비는 주변의 분위기와 너무도 다른 이질적인 모습이었다.

얼마의 시간이 흘렀을까?

적막과 냉기가 가득한 방을 침범한 것은 귀에 거슬리는 소리였다. 천장을 굳게 막고 있던 한쪽 공간이 천천히 열리면서 암흑 속에 한 줄기 빛줄기가 들어왔다.

그럼에도 불구하고 청년의 몸은 미동하지 않았다. 하지만 청년의 몸 주변에 안개처럼 뽀얀 수증기가 피어올랐다.

*　　　*　　　*

"여기에 들어온 지 삼 일째인가?"

"그렇습니다."

"저 안개는 뭐지?"

"어제부터 줄곧 저 상태입니다. 예상보다 빨리 자백을 받아 낼 수 있을 것 같습니다."

빛 속에서는 금발의 미공자와 30대 중년의 남자가 아래에 있는 청년을 내려다보고 있었다.

"호오. 아직 버틸 만한가 보군."

"오래 버티지는 못 할 겁니다. 저 상태로는 기껏 버텨야 하루 이틀입니다."

두 사내가 서 있는 곳은 정보청 1국의 고문실.

금발의 정체는 정보청 1국 국장인 루시르 폰 클라우스, 30대 남자는 부국장인 트할이었다.

아카드가 살려 달라고 애원이라도 하는 모습을 보고 싶은 걸까?

루시르는 벽돌을 두들기며 청년의 반응을 기다렸다.

그러나 기대와 달리 청년은 눈을 감은 채 마치 미라처럼 조금의 요동도 보이질 않았다.

"너무 느려. 이번 원로원 대회의가 열리기 전까지 자백을 받아 내야 해. 할 수 있겠나?"

"고문이 가장 빠른 방법입니다만, 귀족의 자식을 고문할 수는 없지 않습니까?"

정보청 1국은 귀족들의 동태를 감시하고 수사하는 비밀 기관이다. 반역이 의심되거나 스파이라고 의심되는 귀족을 체포해 죄를 밝혀내는 게 그들의 역할이다.

하지만 자백을 하기 전까지는 고문하는 게 금지되어 있었다.

그래서 고안한 것이 새로운 감금실을 개발하는 것이었다.

사방에 강력한 냉기를 뿜어내는 마법 장치가 달린 데다가 빛은 일절 들어오지 않도록 설계했다. 또한 이 방에 끌려온 귀족에게는 물 한 모금도 제공하지 않았다.

그 결과 이곳에 끌려온 귀족들 중 대부분이 삼 일 이상을 견디지 못했다. 간혹 기사 훈련을 받아 육체적으로 강하다고 알려진 귀족들 중에는 오 일 이상을 버틴 자도 있었다.

하지만 그뿐이었다.

소드 익스퍼트급 귀족들이라고 할지라도 일주일 이상을 버티지 못했다. 살이 에일 것 같은 추위와 배고픔은 육체를 나약하게 만들었고, 칠흑과 같은 어둠은 이대로 죽을지도 모른다는 생각에 정신을 파괴시켰다.

이 방에 갇힌 모든 귀족들은 일주일을 넘기지 못하고 루시르 국장이 원하는 자백을 해야 했고, 끝까지 버틴 자들은 대부분 미쳐 버렸다.

"성가시군."

차가운 루시르의 눈가가 살짝 찌푸려졌다. 마음에 들지 않는다는 표정이다.

저 정도로 수증기가 날 정도면 제정신이 아니어야 정상이었다. 하지만 미동도 하지 않고 너무나 평온한 아카드의 표정을 보자 루시르는 고문이라도 하고 싶을 정도였다.

오랫동안 모신 상관의 마음을 눈치챘는지 부국장은 루시르를 달랬다.

"국장님! 이 방에서 자백을 하지 않은 귀족은 단 한 명도 없습니다. 지금은 아무렇지 않게 버티고 있지만 서서히 붕괴될 겁니다. 조금만 기다리시면 국장님께 살려 달라고 애

걸복걸하는 모습을 보실 수 있을 겁니다."

"좋아. 자네를 믿지. 더 이상 늦어져선 곤란해."

"걱정하지 마십시오. 반드시 에레나 영애를 강제로 추행했다는 자백을 받아 내겠습니다."

그때 두 사람의 대화를 방해하는 외침이 들려왔다.

"국장님, 부국장님. 급히 보고드릴 게 있습니다."

루시르의 눈살이 찌푸려졌다. 귀족으로서의 품위를 중요시하는 그는 어떤 급한 일이 있어도 우아함을 잃지 말아야 한다는 주의였다.

"이 무슨 무례한 행동인가!"

상관의 심기를 읽어 낸 부국장이 부하의 행동을 다그쳤다.

"바깥에 오크가 나타나 행패를 부리고 있습니다."

보고를 듣던 루시르의 입꼬리가 스윽 올라갔다.

"오크라…… 계획대로 진행되는군."

정보청 입장에서는 모건 백작이라는 거물이 직접 왕림해 주기를 원했다. 정보청 1국 수뇌부들은 두 부자를 한꺼번에 묶어 처리할 계획까지 세웠다.

메디아 가문의 핵심 인물이라 할 수 있는 기사단장이 덫에 걸려 준 것만 해도 고마운 일이다. 하지만 두 부자를 노렸던 루시르 입장에서는 아무래도 아쉬울 수밖에 없다.

"안타깝군. 기왕이면 모건 백작이 직접 왕림해 주길 바랐는데."

금발의 미공자는 손가락으로 자신의 턱을 쓸며 아쉬운 표정을 지었다.

"너무 설쳤어."

그러나 이내 고문실에 쓸쓸히 앉아 있는 청년을 바라보며 얼굴을 일그러트렸다.

"분수를 알고 살았어야지. 감히 내 여동생을 노려!"

루시르는 미련 없이 탁자 위의 붉은 버튼을 눌렀다. 질투와 분노가 뒤섞인 눈빛으로 아카드를 바라보던 루시르는 등을 돌려 밖으로 나갔다.

두꺼운 천장이 서서히 닫히기 시작했다.

방 안의 분위기는 싸늘한 암흑으로 뒤바뀌고, 아카드는 당연하다는 듯 그 속에 녹아들었다.

그 위에서.

"오크 사냥을 시작해."

부국장을 향한 루시르의 명령이 내려졌다.

＊　　　＊　　　＊

"에구머니. 저게 무슨 일이래?"

"살다 보니 별일을 다 보겠네."

"내 눈이 확실한 거야? 나 좀 꼬집어 봐. 지금 정보청 기사가 두들겨 맞고 있는 거지?"

정보청 1국 건물 앞을 지나가던 시민들의 발걸음이 멈췄다. 시민들의 놀라는 표정과 탄성이 여기저기서 흘러나왔다.

"덤벼, 이것들아!"

쓰러진 기사들 사이로 오크 전사가 홀로 가슴을 치며 분노를 드러냈다.

"정보청이면 죄 없는 우리 소공자님 막 잡아가도 되는 거야! 우리 도련님 데려와!"

오크 전사의 정체는 메디아 가문의 기사단장 듀랄.

현 메디아 가문의 기사단장이며, 전 모건 해적단의 4대 함장 중 가장 무식한 인물로 유명하다.

오죽하면 해적 시절에도 모건 백작이 듀랄을 출정시키는 걸 꺼릴 정도였다. 모건 해적단의 목적은 악덕 영주를 터는 것인데, 듀랄을 출전시키면 있는 족족 다 부숴 버리는 바람에 건질 것이 없을 정도다.

눈이 뒤집히면 앞뒤 가리지 않기로 유명한 듀랄이 아카드가 잡혀갔다는 소식을 듣고 가만히 있을 리가 없었다.

"이놈들! 당장 책임자를 불러와라!"

듀랄은 정보청 계단에 발을 내디뎠다. 굳게 닫힌 정보청 건물의 대문을 부숴 버릴 기세로 천천히 올라갔다.

"저 대역 죄인을 당장 가두어라."

그때, 굳게 닫혀 있던 정보청의 입구가 열리며 큰 소리가 들려왔다. 입구에는 정보청 1국 부국장 트할이 오크 전사 듀랄을 노려보고 있었다.

"네놈이 여기 책임자냐?"

"그렇다면 어쩔 것이냐? 몬스터 주제에 여기가 어딘 줄 알고 행패를 부리는 것이냐."

"그으래? 퉤! 퉤!"

듀랄은 침을 자신의 손에 뱉고는 양손을 비볐다. 그러고는 번들거리는 눈빛으로 부국장을 노려보며 천천히 올라갔다.

핏발이 선 눈동자로 다가간 듀랄은 자신의 어깨까지밖에 오지 않는 트할의 멱살을 움켜쥐고 들어 올렸다.

"죽기 싫으면 우리 도련님 당장 내놔! 안 그러면 네놈 모가지를 비틀어 버릴 테니까."

"뒷감당할 자신이 있으면 네놈 마음대로 해 보아라. 나를 협박하고 정보청 기사를 저 꼴로 만들고도 아카드라는 자식이 무사할 것 같으냐?"

그 말에, 순간 트할의 멱살을 움켜쥐었던 듀랄의 얼굴이 흠칫 굳었다.

"뭐, 뭐?"

트할이 듀랄의 귀에 대고 속삭였다.

"잘 들어. 네놈이 행패를 부리면 부릴수록 메디아 가문의 후계자는 그만큼 힘들어져. 이래도 반항할 테냐?"

"이익!"

너무 분하고 억울했다.

하지만 아카드가 잘못될 수도 있다는 협박에 순순히 체포될 수밖에 없었다.

"몬스터 새끼, 기대해라. 아주 특별한 경험을 하게 해 줄 거니까."

부국장 트할은 듀랄 곁을 지나가며 히쭉 웃었다.

오크 전사를 고문할 생각에 기대가 가득한 눈빛이다.

"이놈들! 내가 힘들어 봤자 우리 공자님보다 힘들겠냐!"

듀랄은 끌려가는 내내 아카드의 억울함을 호소하며 고함을 질렀다.

*　　　*　　　*

그 시각 아카드는 편안한 시간을 보내고 있었다.

극심한 고문실의 한기에 고통스러워할 것이라는 정보청 부국장의 예상과는 달리 아카드는 자신의 신체를 불의 정령 라그니스에게 맡겨 둔 상태였다.

"정령사가 정령을 사용하는 방법이 따로 있다고?"

"당연하지, 바보 같은 주인아. 이래서 아이에게 무기를 쥐어 주면 안 된다는 말이 생겼나 봐."

실리안은 한심하다는 표정으로 아카드를 보았다. 정령사가 어떻게 정령에 대해서 아무것도 모르냐는 표정이다.

'실리안 이 자식을 꼬드겨서 뽕을 뽑아야 해.'

아카드는 샤피르의 두루마리를 구한 끝에 정령사가 되었다. 그러나 정령을 어떻게 사용해야 하는지, 정령사는 어떻게 성장해야 하는지에 관한 지식이 전혀 없었다.

정령사는 대대로 일인 계승으로 전수가 된다. 스승이 정령의 마나에 재능이 있는 제자를 뽑아 기초부터 가르친다.

제자가 어느 정도 정령사로서 구실을 한다는 판단이 설 때, 스승은 자신의 마나를 나눠 주며 제자를 독립시키는 과정을 거친다.

문제는 샤피르를 끝으로 정령사의 맥이 끊어져 버렸다는 것이다.

아카드가 우연한 기회에 정령사가 되었지만, 정령사에 대해 아무것도 모른다. 가르쳐 주는 사람이 없으니 정령을 어떻게 사용해야 하는지, 자신은 무엇을 훈련해야 하는지 무지한 상태다.

'불행이 행운을 얻을 기회라더니, 정보청에 갇혀 이런 기연을 얻게 될 줄은 몰랐는데.'

뜻밖에도 실리안이 정령사에 관해 아는 눈치다.

실리안의 거만스러운 행동에 아카드는 피가 거꾸로 솟는 것 같았지만 아쉬운 건 자신이었다. 지금 당장은 실리안의 비위를 맞추더라도 정령사에 관해 알아내는 것이 중요한 상태다.

"에흠. 우선 정령사에 대해 설명하도록 하지. 이 몸 정도 되니까 설명해 주는 거야. 잘 들어."

실리안은 아카드가 자신의 말을 경청하는 태도를 보이자 흥이 났다.

특별한 능력을 지닌 사람들이 대부분 그렇듯 정령사들도 외골수였다. 자신의 생각이 절대적이고, 타인의 의견들을 받아들이지 않았다.

정령과의 관계도 마찬가지다.

독선적인 성격이 강한 정령사들은 인간관계가 서툴다.

정령을 친구처럼 받아들이는 정령사도 있지만, 정령을 하인 대하듯이 명령을 내리는 자도 있었다.

실리안과 마지막으로 계약했던 정령사가 그랬다.

필요할 때만 부르는 무뚝뚝한 정령사였다.

그런데 500년 만에 계약한 새로운 정령사는 달랐다.

비록 싹수가 없어 보이긴 하지만, 어려서 그런지 다른 정령사와는 많이 달랐다. 딱히 어려운 일을 시키지도 않았고,

소통도 꽤 많이 하는 편이었다.

'캬아! 정령사의 스승이 된 정령 실리안. 얼마나 멋진 일인가? 계약자를 가르치는 정령은 나밖에 없을 거야. 정령들에게 자랑해야지.'

실리안은 정령들에게 자랑할 업적(?)을 쌓기 위해 자신이 아는 모든 것을 아카드에게 전하기 시작했다.

정령이 정령사를 가르친다는 것은 역사상 전무후무한 일이었으니까.

"일단 정령사는 세 단계가 있어. 초급 정령사, 중급 정령사, 최상급 정령사. 물론 그 이상의 단계는 있지만 마스터랑은 관계없기 때문에 넘어가기로 하고."

하급 정령을 소환할 수 있는 정령사는 초급, 중급 정령을 소환할 수 있는 정령사는 중급, 상급 정령을 소환할 수 있으면 최상급 정령사로 구별했다.

마법사로 따지면 C급, B급, A급.

기사로 따지면 소드 유저, 소드 익스퍼트, 소드 마스터로 등급을 매기는 것과 유사했다.

정령사가 자신의 한계를 넘어 한 단계 올라가기 위해서는 두 가지 요건이 충족되어야 한다.

첫째는 정령을 자주 소환하여 친밀도를 높여야 한다. 즉, 정령이 가지고 있는 능력을 자주 사용함으로써 숙련도를 올려야 하는 것이다.

두 번째는 정령이 진화하였을 때 감당할 수 있을 만큼의 마나를 갖춰야 한다는 것이다. 정령에 관한 이해도가 아무리 높아도 정령사의 마나가 충분하지 않으면 정령은 진화할 수 없는 것이다.

첫 번째가 노력으로 이룰 수 있는 것이라면, 두 번째는 정령사로서의 재능과 기연이 있어야 가능한 조건이었다.

"다음으로는 초보 정령사인 마스터가 사용할 수 있는 능력에 대해 말해 주지. 우선 이 몸을 소환하면 인간의 몸이 가벼워지고……."

"잠깐. 그런 걸 내가 일일이 다 알아야 하나?"

"그, 그럼? 누가 알아야 하는데?"

예상치 못한 질문에 실리안은 적잖이 당황한 모습이었다.

그런 실리안의 질문에 아카드는 귀찮다는 표정으로 손가락을 들었다.

"너."

"나?"

아카드의 손가락은 정확히 실리안을 가리키고 있었다.

"그냥 네가 알아서 하면 안 되나?"

아카드가 생각하는 정령사의 최고 장점은 효율성이라고 할 수 있다. 몸을 움직이고 자신이 모든 것을 대응해야 하는 마법사나 기사와는 달리 생각만으로 능력을 발휘할 수 있다.

아카드는 '정령이 만약 스스로의 능력을 인지하고 있다면 굳이 자신이 정령을 컨트롤할 필요가 있을까?'라는 의문을 가졌다.

'내 명령에 따라 정령들이 알아서 일하게 만들 수 있다면 정령이 일하는 동안 신경을 쓰지 않아도 되고 편할 것 같은데?'

문제는 앞에서 투덜거리는 실리안을 어떻게 달래는가에 달렸다. 자신이 부탁한다고 해도 투덜이 자식은 절대 순순히 스스로 일할 녀석이 아니라는 것이 가장 큰 문제였다.

"아무리 계약자라고 해도 그렇지, 정령이 정령사의 종이야? 나 안 해!"

예상대로 실리안은 격렬한 거부 반응을 보였다.

물론, 상관없다.

아카드는 화살비가 쏟아지는 전쟁터에서도 살아남은 유능한 장사꾼이다. 그런 아카드에게 뺀질거리는 피고용자를 상대하는 일은 그리 어렵지 않은 일이었으니까.

"미안하다. 내가 널 너무 과대평가한 것 같군."

우선 한발 물러섰다.

"잉? 그게 무슨 소리야?"

"위대하신 바람의 중급 정령께서 굳이 초보 정령사가 시키는 일만 열심히 하시겠다면 어쩔 수 없지. 설명해 봐, 들어 줄 테니."

거만한 웃음, 거만한 자세, 거만한 말투로 실리안을 대했다.

새로운 거래를 제의하고 있는 것이다.

위대하신 정령님이 되실지, 아니면 그냥 그저 그런 초보 정령사의 피고용인으로 남을지.

스스로 정령력을 활용할 수 있다는 것은, 곧 그만한 권한을 주겠다는 의미였으니까. 그렇게 되면 굳이 아카드의 부름 없이도 얼마든지 현실에 강림할 수도 있게 된다.

이를테면, 사내 이사가 될 것인지 아니면 그냥 말단 인턴 사원으로 남을 것인지 선택하라는 의미였다. 물론 아카드는 그 대가로 상당한 편의를 얻을 수 있을 테고.

"자, 잠깐만!"

뺀질거리기는 해도 눈치는 빠른 실리안이 아카드의 말에 숨어 있는 의미를 모를 리 없었다.

"그, 그러니까 네 말은 내가 내 마음대로 해도 된다는 거지? 굳이 네 허락 없이 정령계에서 나와도 되고?"

정령계의 뺀질이답게 실리안은 눈을 이리저리 굴리며 계산을 하고 있었다.

"그래. 그랬지."

아카드는 그런 실리안의 검은 속내를 뻔히 알면서도 순순히 고개를 끄덕였다.

이미 상황은 아카드가 원하는 대로 흘러가고 있었으니까.

당근을 주었으니, 이제 채찍을 주어야 할 차례다.

"그런데, 싫다니 어쩔 수 없지. 설명은 아직 멀었나?"

자고로 유리한 분위기일수록 생각할 시간을 주면 안 되는 법이다.

"하, 할게. 뭐, 귀찮긴 하지만 어쩌겠어. 부족한 계약자께서 이렇게까지 부탁하시는데 해드려야지. 걱정하지 마! 앞으로 내가 다 알아서……."

결국 눈앞에 놓인 당근에 실리안이 넘어왔다.

씨익.

아카드의 입가에 미소가 번졌다.

"싫어."

이제 쥐고 흔들어야 할 때다.

"왜, 왜! 아까는 나보고 다 알아서 하라면서!"

졸지에 눈앞에 놓인 당근을 빼앗기게 생긴 실리안이 소리쳤지만…….

"생각이 바뀌었어."

아카드는 뻔뻔하게 나갔다.

"왜! 한다니까? 내가 다 알아서 하면 너도 편하고 서로

좋잖아. 응? 계약자님? 하게 해 주세요. 네? 하고 싶다니까요? 사고 안 칠게요!"

실리안의 목소리가 점점 더 조급해져 갔다.

상황이 바뀌었다.

처음 정령에 대해 배울 때까지만 해도 아쉬운 쪽은 아카드였지만, 이제 아쉬운 쪽은 실리안이었다.

"이씨! 그래! 내가 네 개가 되어 주마! 그러니까 제발 하게 해 주세요!"

뒤바뀐 입장. 결국, 아카드를 향한 실리안의 눈물 나는 사정 끝에 상황은 일단락되었다.

실리안은 끝내 원하는 것을 얻었다.

물론 그것이 누구에게 이득인지에 대해서는 차치하고서라도.

"그런데 마스터."

"왜? 위대한 정령이 나에게 가르칠 것이 남았나? 스스로 한다고 방금 들은 거 같은데?"

아카드의 귀찮음 가득한 대꾸에도 실리안은 꿋꿋이 질문했다.

"마나는 어떻게 할 거야?"

거기에 순순히 넘어갈 아카드는 아니었다.

"거야?"

"요?"

눈썹을 꿈틀거리며 불편한 심기를 드러내는 아카드의 반응에 실리안은 재빨리 눈을 내리깔았다.

기껏 얻은 자율권을 이런 식으로 빼앗길 수는 없는 일이었다.

아무리 자율권을 얻었다지만, 아카드가 일방적으로 이를 막아 버리면 모두 소용없는 일이었으니까.

기죽은 실리안의 모습에 아카드는 피식 웃음을 흘렸다.

"농담이야. 그런데 무슨 마나?"

"마스터 몸속의 이상한 마나는 그대로 놔둘 거야? 그건 위대한 이 몸도 어쩔 수 없어."

"내 몸에 마나가 부족해?"

아카드는 고개를 갸웃하며 물었다. 그가 알기로 자신은 이미 최상급 정령석을 몇 개나 흡수한 상태였다.

"초급 정령사 주제에 정령석을 얼마나 처먹었는지 마나는 무식하게 많아. 문제는 그 속에 잡스러운 마나들도 많이 섞여 있어."

"처먹어? 라그니스 불러와."

"아니, 아니. 내 말은 그게 아니라 마나가 아주 많다는 뜻이지."

실리안이 입술을 쭉 내밀며 투덜거렸다. 라그니스를 소

환한다는 말에 실리안은 한 발짝 물러섰다.

"마나가 뒤섞여 있다는 게 무슨 소리야?"

"그건 나도 모르지. 전에 계약자였던 샤피르와의 마지막 약속에 따라 마스터의 몸에 들어갔을 때부터 있었던 마나들이니까."

"마나들? 한두 개가 아니란 말이야?"

아카드는 의아한 표정으로 물었다.

"도대체 과거에 뭔 짓을 했기에 이상한 마나들이 한 사람의 몸에 이렇게 많이 모여 있는 거야? 거기다가 얼마 전에 하나 더 추가됐어."

"추가됐다고?"

"얼마 전에 지독한 독에 당한 거 기억나지?"

"그린 몬스터라는 독?"

아카드는 인상을 찌푸렸다. 얼마 전에 당한 일이기에 고통이 머릿속에 생생하게 남아 있기 때문이다.

"이름은 모르겠고, 라그니스 님이 독을 태우는 과정에서 해독된 마나도 마스터 몸에 추가되었어. 이 몸이 꽤 오랫동안 살아왔지만 마스터처럼 마나가 다양한 인간은 처음 본다니까."

최상급 정령석을 몇 개나 투입한 덕분에 독은 불의 정령 라그니스가 깨끗이 정화를 하였다. 다만 독 기운이 제거된 순수한 마나들이 아카드 몸을 장악한 정령의 마나에 의해 갈 곳을 잃고 이리저리 헤맨다는 것이다.

"어떤 마나들인지 알 수 있나?"

"칼 들고 설치는 놈들이 가지고 있는 마나도 섞여 있고, 마법사 놈들이 사용하는 마나도 섞여 있어. 거기에 밤에 돌아다니는 놈들이 사용하는 마나도 있고…… 하나는 이상한데?"

"뭐가 이상해? 너도 모르는 거야?"

실리안은 고개를 갸웃하며 한참 망설였다. 기억날 듯하면서도 흐릿하고, 익숙하면서도 적대적인 느낌이었다.

"이건 500년 전 극소수의 북쪽 인간들만 사용하던 마나인데."

"북쪽? 지금의 진 제국?"

"확실히는 알 수 없지만 그런 거 같아. 정령들은 한번 체험해 본 마나는 절대 잊어버리지 않으니까."

실리안의 말을 들어 보니 알 것도 같았다.

실리안이 말한 마나의 대부분은 아카드를 기사나 마법사, 또는 암살자로 키우기 위해 모건 백작과 가신들이 주입한 마나로 예상되었다. 이상한 점은 체질에 맞지 않는 마나는 자연 속으로 흩어져야 하는데 몸속에 남아 있다는 것이었다.

"다른 마나가 뒤섞여 있으면 안 좋은 건가?"

"그건 아닌데 정령사에게 별 도움 안 되는 것도 사실이지. 완전히 없애 버릴지 남겨 둘지는 마스터가 보고 결정할 문제니까 알아서 해."

"그렇군."

고개를 끄덕이던 아카드가 갑자기 음성을 높였다.

"잠깐만! 내가 볼 수 있다고? 마나를?"

"당연한 거 아냐? 마스터의 마나니까 본인이 볼 수 있는 건 당연한 거지."

실리안의 대답에 아카드의 정신은 번쩍 들었다. 자신의 마나를 볼 수 있다는 것은 생각도 못 한 일이었다.

"내가 직접 확인할 수 있단 말이지?"

"그렇긴 하지. 물론 내가 데려다주면 더 쉽게 찾을 순 있긴 하지만."

"앞장서."

"잠깐! 이 몸을 공짜로 사용하겠……?"

"싫다면 어쩔 수 없지. 계약 해지를……."

아카드의 말에 실리안이 눈을 번쩍 떴다.

"편안한 여행 되시도록 책임지고 모시겠습니다!"

말단 인턴 신입 사원이든, 사내 이사든.

결국, 언제나 절대 강자는 고용주인 법이었다,

Chapter 2.
뒤섞인 마나 활용법

야심한 시각.

클라우스 공작가 저택의 대문이 은밀하게 열렸다.

대문 안에서 노회한 집사 하나가 등불을 들고 바깥으로 나왔다. 하인들을 시켜도 될 법한 일을 집사가 직접 한다는 것은 누가 봐도 이상한 일이다.

노집사의 정체는 클라우스 공작 곁에서 그의 수발을 책임지는 총집사였다. 현 클라우스 공작의 심중을 가장 잘 이해한다고 전해지는 인물이다.

총집사는 노구를 이끌고 대문 밖으로 나와 등불을 들고 조심스럽게 주변을 두리번거렸다. 그는 담벼락 근처에 대기한 택시 한 대를 발견하고는 빠른 걸음으로 다가갔다.

똑! 똑!

택시 앞으로 다가간 총집사는 깡마른 손을 올려 창문을 두들겼다. 잠시 후 문이 열리고 택시 안의 인물을 확인한 뒤 허리를 공손하게 숙였다.

"오랜만에 뵙겠습니다."

공작가의 총집사라면 어디 가서도 꿀리지 않는 귀족의 신분이다. 공작의 최측근인 데다가 공작의 체면을 생각해 남작보다 높은 자작의 신분이다.

하지만 총집사의 행동은 극도로 공손했다.

공작가의 총집사로서 겸손함이 몸에 밴 것도 있겠지만, 그렇다고 보기에도 과할 정도였다.

"하하하. 공작님께서 다시 이곳에 불러 주실 줄은 몰랐네. 공작님은 계신가?"

마차의 문이 열리고 천천히 내리는 남자는 호리호리한 몸매에 잘 다듬은 회색 수염이 인상적인 중년인이었다. 다만 번들거리는 눈동자와 음흉한 분위기는 온화하기로 소문난 총집사의 이마를 찌푸리게 만들었다.

'주인님께서는 어쩌자고 이런 인물을 불러들이신단 말인가.'

손님의 정체는 제국 은행장 소로스.

클라우스 공작가의 손님으로는 전혀 손색이 없는 인물이다. 제국을 움직이는 세 명의 거물 중 하나로 꼽히는데다가, 대륙의 돈을 움직이는 큰손으로서 격식에도 어긋나지 않는다.

단지 총집사가 걱정하는 것은 소로스 은행장의 인상과 기질이었다. 겉으로 보이는 호인 같은 인상과는 달리 속을 알 수 없는 차갑고 시커먼 암흑이 총집사의 본능에 경고를 보내고 있었다.

"무슨 생각을 그렇게 하고 계신가?"

"죄송합니다. 이리 오시지요. 제가 모시겠습니다."

"그러지."

소로스 은행장은 총집사의 뒤를 따라가다가 잠시 발걸음을 멈췄다.

"은행장님. 뭔가 마음에 안 드는 거라도 있으십니까?"

알 수 없는 소로스 은행장의 행동에 대문을 향해 걸어가던 총집사의 걸음도 멈출 수밖에 없었다.

"흐음. 대륙 최고의 기사 가문이라는 이름도 옛말인가?"

"무슨 뜻이십니까?"

"쥐새끼들이 많군."

"말씀이 심하십니다. 은행장님."

총집사의 안색이 확 변했다.

평생을 공작가에 헌신한 총집사로서는 불쾌한 언사였다. 자신을 욕하는 것은 넘어갈 수 있지만 공작가의 명예를 욕하는 것은 참을 수 없었기에 따져 물었다.

"아니라면 나를 시험하는 것인가? 초대장에는 은밀히 만나자고 했던 것 같은데? 이러면 대낮에 만나는 거랑 뭐가 다르지?"

"그럴 리가 없습니다. 저택 주변에는 기사들이 철통같이……."

"클클클. 철통이라? 클라우스가에선 무능한 철밥통을 그리 부르나?"

소로스 은행장이 총집사를 비웃었다.

소로스 은행장은 길게 늘어뜨렸던 자신의 양손을 끌어올렸다.

"어둠의 소각."

소로스가 알 수 없는 단어를 중얼거렸다.

말이 끝나자마자 하얀 소로스의 손등에 검은 문양이 나타났다. 소로스의 손등에 나타난 문양은 마치 살아 있는 생명처럼 손가락 아래까지 뿌리를 내렸다.

"큽!"

총집사는 갑자기 변한 은행장의 모습에 놀라 엉덩방아를 찧었다.

"잘 봐 두도록. 처음 보는 신기한 광경일 거야."

소로스의 손바닥에서 생겨난 검은빛이 땅속에 스며들었다. 땅속을 파고든 빛은 대지를 검은빛으로 물들이며 여러 방향으로 갈라졌다.

그리고는 클라우스 공작 저택 주변에 있는 건물의 벽을 타고 올라갔다.

잠시 후, 건물 곳곳 멀지 않은 곳에서 비명 소리가 들려왔다.

"으악! 이게 뭐야!"

"뭐가 내 몸을 감고 있어. 살려 줘!"

건물 곳곳에서 공작가를 감시하던 자들이 검은빛에 휩싸여 공중으로 올라갔다가 땅바닥으로 떨어졌다. 그들이 떨어진 바닥에는 검은 늪이 생겨나 먹잇감을 기다리고 있었다.

검은 늪 깊숙한 곳에서 엄청난 수의 썩어 문드러진 손가락들이 올라와 감시자들의 다리를 끌어내리고 있었다. 끌려가지 않으려고 발버둥 치고 있지만, 발버둥 칠수록 감시자들의 신체는 점점 더 끌려 들어갔다.

우웁! 우웁!

육체의 고통과 정신적인 공포에 미쳐 버린 감시자들의 입에서 일제히 비명 소리가 터졌지만 소로스는 그마저도 허락하지 않았다.

"이해하도록. 시끄러운 건 싫어해서 말이야."

소로스가 한 손을 휙 저어 버리자 감시자들을 감싸던 검은빛이 그들의 입속으로 파고들었다. 마음대로 비명 소리조차 내지 못하던 감시자들의 모습이 점점 땅속으로 사라졌다.

위이이이이잉—

잠시 후 섬뜩한 소리와 함께 검은 늪은 흔적도 없이 사라졌다. 감시자들이 끌려간 자리에는 아무 일도 없었다는 듯이 섬뜩한 바람만 휭한 소리를 내며 지나갔다.

"총집사. 이제 가지."

침묵밖에 남지 않은 주변의 분위기를 깬 것은 소로스의 차가운 목소리였다.

소로스 은행장은 방금 전 무슨 일이라도 있었냐는 듯 천연덕스럽게 바닥에 털썩 주저앉아 땀 흘리는 총집사를 바라보았다.

"어떻게……?"

공작가의 총집사로 지내면서 수많은 사람들이 죽는 것을 보았다.

공작가에 반기를 드는 정적이나 암살자들, 그리고 공작가의 미래에 방해가 될 자들까지…… 중앙 귀족의 사람으로 태어나 잡아먹히지 않으려면 잡아먹어야 하는 것이 숙명이다.

그럼에도 총집사가 놀란 것은.

'검은빛을 부리는 마법이라니!'

소로스 은행장의 손에서 뻗어 나온 검은빛 탓이었다.

소로스 은행장에게서 뻗어 나온 검은빛은 결코 정상적인 마법으로는 나올 수 없는 것이었다.

총집사는 순간 대륙에서는 입에 담는 것조차 금기시되어 왔던 단어가 머릿속을 스쳐 지나갔다.

'흑마법사!'

그가 알기로 검은빛을 뿌리는 마법은 흑마법뿐이다.

어쩌면 소로스 은행장이 정령사와 함께 사라졌다고 전해지는 흑마법사일지도 모른다는 사실에 총집사의 두 눈에 공포가 담겼다.

"혹, 시 흑마법사입니까?"

"말도 안 되는 소리! 가문에서 내려오는 비기 중 하나일세. 오해하지 마시게."

"하지만 방금은⋯⋯."

"이 정도 비기는 정치가라면 누구나 한두 가지쯤 있지 않나?"

"평생을 공작가에 있으면서 수많은 마법사를 보아 왔는

데 그런 마법은 들어 본 적도……."

은행장 소로스가 손가락을 뻗어 총집사의 입을 막았다.

"거기까지. 어서 안내하시게. 여름이 끝나 가니 밤바람
이 서늘하구먼."

소로스는 총집사를 향해 윙크하는 여유까지 보이며 소매
를 털어냈다. 소로스의 손등에 있던 검은 문양도 언제 있었
냐는 듯 깨끗하게 변해 버렸다.

"따라오시지요."

총집사는 갑작스러운 충격 때문인지 벽을 붙잡았다. 그
러고는 휘청거리는 노구를 저택 담벼락에 의지해 중심을
잡았다.

잠시 후, 클라우스 저택가의 문은 굳게 닫혔다.

클라우스 공작 저택 주변에는 스산한 바람이 휘몰아치고
있었다.

＊　　　＊　　　＊

아카드는 실리안의 도움을 받아 마나가 다니는 마나로드
(Mana Road)를 빠르게 지나가고 있었다. 원형의 터널처럼
구성된 마나로드의 내부는 쉴 새 없이 몰아치는 붉은 바람
으로 인해 후끈거렸다.

"여기 왜 이렇게 더워?"

"왜 덥긴. 그게 다 마스터 때문이지. 라그니스 님이 마스터의 신체를 불태우느라 신나서 저러는 거잖아."

"내 신체를 불태운다고?"

"걱정하지 마. 정령은 계약자에게 전혀 해를 끼칠 수 없으니까. 다만."

"다만?"

"마스터 신체 주변은 펄펄 끓고 있을지도 모르지. 아마도 보통 인간들은 마스터 근처에 접근도 못 할걸?"

아카드 입에서 '아휴.' 라는 한숨이 절로 나왔다.

'추위에 맞서 신체만 보호하라는 뜻이었는데.'

한 녀석은 너무 뺀질이라서 문제고, 한 녀석은 너무 과격해서 문제다.

'내 수준이 정령들보다 낮아서 생기는 문젠가?'

중간만 해 주면 좋으련만, 이 망할 정령들은 도대체가 적당이라는 개념이 없다.

"우리 마스터는 외모는 이 몸의 기준으로 볼 때 그럭저럭 봐 줄 만한데, 은근히 잘 쫀단 말이야. 혹시 그 여자애는 마스터의 이런 모습 알고 있는 거야?"

"너는 안 되겠다."

아카드의 가차 없는 말투에 실리안은 발끈했다.

"아니, 인간적으로 우리 사이에 이러기냐? 이 정도 농담
은 할 수 있는 거잖아!"

"네가 인간이냐? 정령이지."

"인간이 그러면 안 돼. 누구는 개고생해서 이 넓은 마나
로드를 안내하는데!"

아카드는 실리안의 막무가내에 고개를 흔들었다.

이쯤 되니 전 계약자이자 마지막 정령사인 샤피르가 궁
금했다. 어떻게 정령을 성장시켰기에 이런 막무가내 정령
들을 만들어 냈는지 따지고 싶을 정도였다.

"계약 해지……."

생떼를 쓰는 실리안을 잠재우는 방법은 간단했다.

"그렇죠. 공과 사는 확실히 구분해야 하지요. 네! 암요!
자! 이쪽으로 모시겠습니다. 마스터."

결국, 본전도 찾지 못한 실리안이 다시 안내를 시작했다.
하여간 조금만 틈을 줘도 기어오르는 건 어쩔 수 없는 천성
인 듯싶다.

그렇게 토닥거리는 사이 방금 전까지와는 전혀 다른 곳
에 도착했다.

"여기는 왜 이렇게 조용해?"

터널을 가득 메우던 열기 가득한 붉은 바람은 어디론가
사라지고 아무것도 없는 텅 빈 터널이다.

"여긴 해독된 마나들이 모여 있는 곳이야."

"아무것도 보이지 않는데?"

"손을 뻗어 봐."

아카드는 실리안의 말대로 허공에 손을 뻗었다. 처음에는 아무 느낌이 없었지만 손가락 사이로 미세한 입자들이 빠져나가는 촉감이 느껴진다.

"느껴지지? 느껴질 거야. 못 느끼면 사람이 아니지."

실리안의 깐죽거림에 아카드가 강하게 그를 노려보았다. 실리안은 얄밉게도 먼 산을 쳐다보는 척하며 휘파람을 불어 댄다.

"정령의 마나와는 느낌이 전혀 다른데?"

정령의 마나는 열기로 가득하면서도 자신을 반기는 친숙한 느낌이 들었다. 하지만 이곳의 마나는 신체의 주인인 자신을 경계하면서 피하는 느낌이 든다.

지금도 마나를 느껴 보려고 허공에 손을 휘저어 보지만 손가락 사이로 요리조리 빠져나가는 것이 느껴진다.

"라그니스 님한테 무지막지하게 작살이 났으니 무서워할 수밖에."

그린 몬스터에 중독된 아카드를 해독하기 위해 라그니스는 엄청난 불의 기운으로 몸 구석구석에 퍼져 있던 독 기운을 보이는 족족 불태워 버렸다.

지금은 독이 제거된 순수한 마나 덩어리로 남아 있지만 라그니스에 대한 본능적인 두려움을 가질 수밖에 없었다. 그런데 정령의 주인인 아카드가 나타났으니 순수한 마나들은 도망가기 바빴다.

"이것들을 어떻게 해야 하지?"

"이용할 수 없다면 몸 밖으로 배출시켜 버려야지."

"버리기는 아까운데."

몸에 해로운 마나라면 미련이 없지만 지금은 완전히 해독된 상태다. 잠깐의 느낌이라 확신할 순 없지만 마나들이 빠져나가는 손가락 사이에 얇은 막들이 생겼다가 사라지는 것을 볼 때 뭔가 특별한 능력이 있는 것 같았다.

'시험해 볼까?'

아카드는 주변의 마나로드를 잠시 둘러보더니 실리안을 쳐다보았다.

"왜? 또 뭐 시켜 먹을라고?"

하여튼 눈치는 귀신이다.

그럼 작전을 다르게 가야겠지.

"실리안. 너 중급 정령 맞아?"

"참 나. 마스터, 내가 지금은 계약자를 잘못 만나 이런 신세가 되었지만 얼마나 잘나가는 정령이었는데. 몰라도 너무 모르시네."

"이 벽에 상처 낼 수 있어?"

"당근이지. 이깟 벽에 상처 내는 것쯤은 일도 아니지. 잘 봐."

실리안의 손에서 빠져나간 바람들이 회전을 하며 통로의 벽에 파고든다. 단단하고 흠 하나 없던 벽에 조금씩 균열이 일어난다.

"봤지? 이제 이 몸이 얼마나 대단한지……."

"어느 개새끼야! 어떤 겁 없는 자식이 불 정령이 통제하고 있는 신체에 상처를 내는 거야!"

갑자기 불의 정령 라그니스의 고함 소리가 들리더니 터널 전체가 움직인다.

"라, 라그니스 님……."

"누구야! 실리안 너야? 진짜 죽고 싶어?"

"진짜로 제가 그런 게 아니라……."

"너 이 새끼! 나중에 두고 보자. 감히 내 일을 방해해! 아주 죽여 달라고 애원하게 될 거야!"

라그니스의 호통이 그치자 실리안이 고개를 획 돌려 아카드를 노려보았다.

"라그니스 님한테 솔직하게 말해 줘! 마스터가 시킨 일이라고! 안 그러면 나 죽어!"

"조용히 해 봐."

"진짜로 나 죽는다고. 빨리 말해 달라고."

아카드는 실리안에게 전혀 관심이 없는 표정이다. 오히려 벽에 다가가 실리안이 균열을 일으켰던 곳을 만졌다.

"진실을 말하라고! 내가 혼자 죽을 거 같아?"

징징거리며 아카드를 따라온 실리안의 눈이 갑자기 커졌다.

"어라, 이럴 수가 없는데? 여기가 아니었나?"

실리안이 바람의 힘으로 상처를 냈던 벽 주변에서 마나 덩어리들이 분주하게 움직이기 시작했다. 아카드가 다가갔을 때는 이미 벽이 깨끗하게 복구되어 있었다.

"실리안, 얘들이 가지고 있는 마나가 회복 계열인 거 같지?"

"그런 거 같네."

실리안은 자존심에 상처를 입었는지 떨떠름한 말투로 대답했다.

"이거 내가 먹어야겠어. 정령의 마나와 합칠 수 있는 방법이 없을까?"

"안 된다니까 그러네."

"이유는?"

실리안은 아카드를 답답하다는 표정으로 바라보더니 설명하기 시작했다.

"인간은 하나만 알고 둘은 모른단 말이야. 잘 생각해 봐. 기사들이 쓰는 마나를 마법사들이 사용하면 마법이 나가겠어? 안 나가겠어?"

실리안의 말을 요약하면 마나는 고유한 성질을 가지고 있다는 것이다.

기사들이 포스라고 부르는 마나는 무기를 들 때 활용이 가능하고, 마법사들의 마나는 마법을 구현할 때 사용할 수 있다는 것이다.

"하지만 버리기에는 너무 아까운데."

"그럼 비실이한테 주든가."

"비실이?"

"운다인이라는 물의 중급 정령이 있는데 그 녀석이 회복 계열이거든."

"써 먹을 수 있다니 다행이야. 버리기 싫었거든."

아카드는 이곳에 있는 마나를 자신의 것으로 삼아야겠다고 결심했다. 나쁜 일이 일어나지 않으면 좋겠지만 벌써 두 번이나 목숨을 잃을 뻔했다.

"그런데 말이야, 물의 정령은 소환하지 않는 게 좋을 거야. 후회하게······."

"가자. 여기는 다 봤으니 다른 곳도 둘러봐야지."

아카드는 실리안의 말을 끊고 가벼운 마음으로 앞으로

나갔다.

"비실이 녀석은 정말 도움이 안 되는데. 그건 그렇고 왜 내가 말만 하면 다들 중간에 끊어 버리는 거야."

실리안은 씩씩거리며 아카드 뒤를 따라갔다.

*   *   *

정신의 방.

아카드와 실리안은 마주 보고 앉아 이야기를 나누고 있었다. 마나로드를 통해 자신의 몸속에 존재하는 마나를 확인했기에 그것을 어떻게 할 것인지에 대해 이야기를 나누고 있었다.

"정령 생활 500년 만에 몸속에 이렇게 다양한 마나를 가지고 있는 인간은 처음 보네."

"비꼬는 것처럼 들린다?"

"아니, 내 말은 대단한 마스터를 만나서 기쁘다는 거지."

실리안은 아카드의 눈치를 살살 살폈다.

괜히 성질 건드렸다가 또다시 계약 해지 이야기가 나올지도 모른다는 위기감 때문인지 급하게 말을 바꿨다.

"그건 걱정하지 말고. 그나저나 이 마나들을 어떻게 했으면 좋겠어?"

아카드는 실리안에게 조언을 구했다.

"해독한 마나는 비실이한테 준다고 쳐도 나머지 마나들은 쓸모없을걸?"

"어딘가 써 먹을 데가 있지 않을까?"

"버려. 버려. 그거 다 사용하려면 인간의 몸 하나로는 부족해. 기사의 능력도 갖추어야 하고 마법사의 능력도 갖추어야 하는데 기초부터 다시 배우겠다고? 설령 배웠다고 치자고. 흡혈족 마나와 오크 마나는 어떻게 할 건데?"

아카드는 자신의 몸속을 살펴보며 이렇게나 다양한 종류의 마나가 존재한다는 사실에 많이 놀란 상태였다. 기껏해야 아버지인 모건 백작이 주입한 기사들이 사용하는 마나만 있을 줄 알았다.

하지만 그게 다가 아니었다.

"4대 가신들의 마나까지 있을 줄은 상상도 못 했는데."

모건 해적단 시절, 아카드의 천재성은 해적들의 자부심이었다.

아무리 두꺼운 책이라도 한 번 보면 다 외워 버리는 가공할 암기력과 고차원의 마법 수식조차 풀어 버리는 응용력을 겸비한 아카드의 학문적인 능력은 대륙에서 소문이 자자한 천재들과 견주어도 비교 대상이 없을 정도였다.

그렇다고 학문적인 능력만 뛰어난 것은 아니었다.

한 번 본 검술은 다 외워 버리고 파훼법까지 알아내는 능력은 모건의 재림이라고 불릴 정도였다. 문제는 최상급 마법과 검법, 암살자 기술에 대해 완벽하게 이해하고 있었으나 육체가 따라가지 못한다는 점이다.

머릿속에는 강자가 되기 위한 모든 기술이 들어 있지만 신체로 펼칠 수 없으니 모건 백작을 비롯한 4대 가신들의 수심이 깊어질 수밖에 없었다.

그래서 해결책으로 생각한 것이 자신의 마나를 다른 사람의 신체에 전이하는 방법이다.

4대 가신 중 마법단장이자 엘프족인 마리아드가 내놓은 해결책으로, 각자 가지고 있는 마나를 아카드의 신체에 주입해 신체에 가장 적합한 마나를 찾아내자는 의견이었다.

그때부터였다.

아카드가 자는 사이 모건 백작은 물론이고 4대 가신은 자신의 몸에 축척한 마나를 아카드가 전쟁상인으로 독립할 때까지 은밀하게 주입하였다.

아카드의 신체가 가지고 있는 마나는 여덟 가지.

정령의 마나, 그린 몬스터가 해독되고 남은 마나, 모건 백작과 4대 가신이 주입한 마나가 그것이다.

"나머지 하나가 문젠데."

일곱 가지 마나 이외에도 아카드 몸속 깊숙한 곳에는 정체 모를 마나 하나가 잠들어 있었다. 아카드가 정체를 파악하기 위해 직접 다가갔지만 깊은 잠에 빠져들었는지 단단한 돌덩이처럼 꿈쩍도 하지 않았다.

아무리 생각해도 누가 자신의 신체에 심어 놓은 것인지 짐작이 되지 않았다. 주변의 인물을 생각해 보아도 의문의 마나와 매치되는 인물이 떠오르질 않았다.

"마스터, 잡종들을 어떻게 처리할 거냐고?"

실리안 입장에서는 자신의 계약자 신체에 다른 마나가 자리 잡고 있다는 것이 썩 달갑지 않은 표정이다.

"뭘 처리해? 놔두고 써먹어야지."

아카드의 표정에서 절대 버리지 않겠다는 의지가 강하게 묻어났다.

남들은 얻고 싶어도 맘대로 얻을 수 없는 것이 마나다. 전설 속에 나오는 기연이 아니라면 엄청난 노력과 시간을 들여야 조금씩 쌓이는 것이 마나다.

그런데 이런 마나를 버린다?

손해 보는 것을 싫어하는 아카드의 성격으로 볼 때 공짜로 생긴 걸 그냥 버린다는 것은 절대 있을 수 없는 일이다.

'가장 좋은 건 다른 성질의 마나들을 하나로 합치는 건데 뺀질이의 말을 들어 보니 그건 불가능한 거 같고.'

아카드는 혹시나 하는 표정으로 실리안에게 물었다.

"다른 사람이 나에게 주입한 것처럼, 나도 다른 사람에게 이 마나들을 전할 수 있지 않을까?"

"불가능해. 불가능해."

실리안은 고개를 흔들며 한심하다는 표정으로 아카드를 보며 대답했다.

"왜 불가능하지? 내 거잖아."

"바보인가? 마스터가 정령사니까 불가능하지. 마스터가 움직일 수 있는 마나는 정령의 마나밖에 없어. 나머지 잡종 마나들은 마스터 말은 들으려고 하지도 않을걸?"

"예를 들면 아버지가 나에게 주입한 마나를 전해주기 위해서는 기사가 돼야 한다는 말인가?"

"당연하지! 마나마다 고유한 성격을 가지고 있어서 운용하는 방법이 다 달라. 그러니까 잡종들은 포기해. 아까우면 지금부터라도 검 들고 열심히 기사 훈련을 하거나 연구실에 갇혀서 주구장창 마법서를 외우시든가."

실리안의 설명을 들은 아카드가 고개를 흔들었다.

검술이나 마법을 배울 시간도 없고, 배울 마음도 없다. 한 가지로 끝을 보기도 힘든데 다른 곳에 눈 돌릴 생각은 전혀 없다.

'버리기는 너무 아까운데…… 사용할 수 있는 방법이 없

을까? 잠깐!'

아카드의 머릿속에 기발한 생각이 떠올랐다.

'정령들에게 훈련시키면 나머지 마나들을 움직일 수 있지 않을까? 정령들도 내 몸의 일부니까 훈련만 시키면 사용할 수 있을 거 같은데. 아버지와 4대 가신들에게 배운 이론들은 머릿속에 남아 있으니 생각만으로 가르치면 시간 낭비할 일도 없고……'

"실리안?"

"갑자기 왜 그래?"

평소와는 다른 아카드의 목소리에 실리안이 경계의 눈빛으로 쳐다보았다. 뭔가 심상치 않았는지 실리안의 목소리 끝이 미세하게 떨리고 있었다.

"정령 최초로 밤의 지배자가 될 생각 없어?"

"뭐어어어?!"

실리안의 장점은 은밀한 정찰과 누구도 따라 올 수 없을 만큼 빠른 기동성이다. 바꾸어 말하면 암살자가 반드시 갖추어야 할 탐색 능력과 민첩성을 동시에 갖췄다는 말이 된다.

아카드는 블라디우스가 자신의 몸에 심어 둔 마나를 실리안에게 써먹을 작정이었다. 어차피 블라디우스가 가르쳐 준 은신술 및 암살에 필요한 기술들은 자신의 머릿속에 있으니 가르치는 건 문제도 아니다.

"아……니야. 난…… 못 해."

뭔가 불길함을 예측했는지 실리안이 말을 더듬으며 뒷걸음질 쳤다.

"위대한 바람의 정령이잖아. 흡혈족도 할 수 있는 걸 못 해?"

"응. 못 해. 절대 못 해."

실리안은 단호하게 고개를 저었다. 정령사 옆에 가만히 붙어 있으면 능력이 알아서 생기는데, 굳이 인간들처럼 땀 흘리면서 배우고 싶은 마음은 죽어도 없었다.

"싫으면 말고. 내가 소환한 첫 정령이라 신경 써 주려고 했는데 어쩔 수 없지. 라그니스에게 물어봐야겠네."

아카드는 실눈으로 실리안을 보며 말을 툭 뱉었다.

"마스터, 거짓말이 너무 심하다. 그거 배우려면 얼마나 고생인데 신경 써 주는 거라니?"

"라그니스는 물론 앞으로 내가 소환할 정령들은 모두 강해질 텐데, 처음으로 소환된 너만 약해지면 소외감을 느낄까 싶어서 꺼낸 말이야. 못 들은 걸로 해."

"아니 그러니까, 왜 다른 정령들이 강해지는 거냐고. 이유를 말해 줘야지."

아카드가 매정하게 몸을 돌리자 실리안이 그의 뒤를 졸

졸 따라다녔다.

"내 안에 있는 마법사의 마나를 라그니스에게 전해 주면 더 강해질 거 아냐? 어차피 라그니스가 쓰는 불의 힘이나 화염 마법사가 시전하는 마법이나 같은 속성이잖아."

"그, 렇긴 하지. 그런데 다른 정령들은?"

실리안은 몸을 부르르 떨었다. 가뜩이나 불의 정령 라그니스를 제일 무서워하는데 더 강해질 거라고 생각하자 치를 떠는 눈치다.

"내 안에 있는 해독된 마나는 물의 정령에게 주면 될 거라며? 당연히 물의 정령은 태어나자마자 더 강해질 거 아냐. 만약 대지의 정령이 깨어난다면 우리 가문의 기사단장인 듀랄의 마나나 아버지의 마나를 전해 주고 검술이나 도끼술을 가르치면 되지 않을까 싶어서."

"……."

"그렇게 되면 첫 번째로 소환된 자칭 위대하다고 말하는 실리안만 불쌍하게 된 거지. 가뜩이나 두 번째로 소환된 라그니스에게도 밀려서……."

"마스터, 나 할게."

실리안이 아카드의 소매를 잡으며 말했다. 얼마나 다급했는지 바람의 형상임에도 불구하고 '더 이상 물러설 곳이 없다' 라는 비장함마저 보인다.

"뭐라고? 내가 잘못 들은 거 같은데?"

"한다고! 나 진짜 열심히 할 거라고. 더 이상 서열 싸움에서 밀릴 수 없어."

역시 제대로 낚였다.

아카드는 억지로 웃음을 참으며 고개를 끄덕였다.

"뭐, 정 배우겠다면 어쩔 수 없지. 대신 열심히 해야 해. 라그니스 한번 이겨 봐야지."

"열심히 하면 이길 수 있어?"

"당연하지. 인간을 오랫동안 봐 와서 잘 알 거 아냐. 마법사들이 암살자들한테 얼마나 허무하게 죽었는지."

실리안은 고개를 끄덕였다. 생각해 보니 예전에 샤피르의 정령으로 있을 때도 그런 이야기를 들어 본 기억이 있었다.

"그런데 마스터, 박쥐들 기술 다 익히려면 얼마나 걸릴까?"

"한 20년? 그 정도면 바보가 아닌 이상 밥값은 한다고 하던데?"

"뭐? 20년?"

"걱정할 필요 없어. 너는 위대한 정령이잖아. 육체의 한계도 없으니 금방 익힐 거야. 안 그래?"

"당……연하지. 아웅."

실리안이 고개를 숙이며 자신 없는 말투로 대답할 때, 우렁찬 라그니스의 목소리가 들렸다.

"대장! 인간들이 들어온다."

"그래? 생각보다 일찍 왔군. 꽤 다급해졌나 봐?"

아카드의 눈동자가 어느새 차갑게 변했다.

＊　　　＊　　　＊

"앗! 뜨거! 문이 왜 이래?"

정보청 1국 직원이 고문실의 문고리를 잡자마자 펄쩍 뛰며 자신의 손을 부여잡았다.

"뭐하는 거야? 국장님이 기다리고 계시잖아. 얼른 열어!"

"엄청 뜨겁습니다. 손이 녹을 것 같습니다."

직원은 부국장과 국장의 눈치를 살피며 말했다. 말을 하면서도 한 번 데인 경험 때문인지 섣불리 문고리를 잡지 못하고 있었다.

"내가 하지."

"아닙니다, 국장님. 제가 하겠습…… 아악! 이거 문이 왜 이렇게 뜨거워."

국장의 눈치를 보던 트할 부국장이 급하게 문을 열기 위해 고문실 문고리를 잡았지만 같은 결과가 나왔다.

그 모습을 지켜보던 정보청 1국 국장 루시르 폰 클라우스가 직원들을 제치고 문고리를 잡았다. 순간 루시르의 이마에 힘줄이 솟아났다.

"괜찮으십니까?"

부국장을 비롯해 다른 직원들이 걱정스러운 표정으로 다가왔지만 루시르는 문고리에서 손을 떼지 않았다. 클라우스 기사단의 단장이자 검술에 뛰어난 실력자답게 자신의 마나로 손을 보호하며 문고리를 천천히 돌렸다.

'끼이익' 하는 소리와 동시에 문이 열렸다.

"이게 대체 무슨 일이야!"

문이 열리자마자 직원들이 깜짝 놀라 비명을 질렀다. 문틈으로 엄청나게 뜨거운 수증기가 뿜어져 나오는 바람에 입구 주변에 있던 직원이 허공으로 날아갔다.

고문실에 설치되어 있던 냉각 마법 장치가 불 정령 라그니스의 열과 합쳐져 고압의 열이 순식간에 빠져나가면서 벌어진 현상이다.

"가관이군. 얼른 치워."

"네. 알겠습니다."

루시르 국장의 하얀 얼굴이 붉게 달아올랐다. 그는 넘어져 있는 직원을 쳐다보고는 고문실 안으로 들어갔다. 엄청

난 고열의 수증기가 노출된 피부에 닿아 타들어 갈 것 같았
지만 루시르의 표정에는 변함이 없었다.

"오랜만이군."

루시르 발자국 소리에 감겨 있던 아카드의 눈꺼풀이 천
천히 올라갔다. 아카드는 천천히 일어나 맞은편 의자를 향
해 손을 뻗었다.

루시르는 아카드 맞은편에 있는 의자를 당겨 앉았다. 엉
덩이가 타들어 갈 것 같은 고통이 느껴질 만도 한데 루시르
의 표정은 평온하다.

"누가 보면 자네가 국장이고 내가 죄인인 줄 알겠어. 출
신이 해적이라서 그런가?"

"다 좋은데 너무 더워. 좀 시원한 곳으로 옮겨 줬으면 좋
겠군."

무표정했던 루시르의 얼굴이 붉어지며 실룩거린다. 얼음
의 소공자라고 불리는 루시르의 이런 모습을 주변 사람이
봤더라면 놀랄 만한 일이다.

"이 자식이! 감히 누구 안전에서 그딴 망발을 지껄이는
것이냐!"

루시르의 심복인 부국장 트할이 이런 변화를 알아챘는지
아카드의 멱살을 잡았다.

"피라미는 흥분하지 말고 꺼지시지."

"뭐? 피라미? 내가 당장 이놈의 목을……."

"이게 자네의 뜻인가? 공정해야 할 클라우스 공작가의 후계자가 부하를 이용해 사람을 죽이는 게 자네 뜻이냐는 말이다!"

아카드는 옆에서 길길이 날뛰는 트할은 쳐다도 보지 않았다. 오히려 도발하는 눈빛으로 루시르의 눈을 정면으로 주시했다.

"다 나가!"

"하지만 국장님!"

"나가라는 말이 안 들리나!"

제국 최고 가문의 후계자라는 자부심에 금이 갔는지 루시르가 부국장 트할을 향해 고함을 쳤다. 아카드의 도발이 제대로 먹혔는지 루시르의 얼굴이 붉게 달아올랐다.

루시르 국장의 명령에 정보청 직원들은 밖으로 나가고 고문실 안에는 단 두 사람만이 서로를 노려보았다.

먼저 입을 뗀 쪽은 루시르 국장이었다.

"사인해라. 그럼 풀어 주지. 지금 당장."

Chapter 3.

모건 백작의 분노

루시르가 아카드를 향해 종이봉투 하나를 내밀었다.

종이봉투 안에는 고발장과 고발장의 근거가 되는 조서가 들어 있었다. 조서에는 아카드가 클라우스 가문의 영애 에레나를 납치 및 감금한 내용들이 적혀 있었다.

"협상을 하려면 조건이 맞아야 맞장구라도 쳐 주지. 이건 너무 심한데?"

"이 상황이 협상으로 보이는가? 네놈이 저지른 짓을 네놈이 가장 잘 알 텐데?"

"중앙 귀족들이 우리 가문을 눈엣가시처럼 생각하는 것도 알겠고, 나를 잡은 것을 보니 어느 정도 일이 진행되는 것도 알겠는데 여자를 납치했다는 죄목은 너무하잖아. 이왕 할 거면 반역죄 같은 거창한 죄목으로 해 주든가 아니면…… 제국의 재상을 암살 시도했다는 정도의 죄목은 만들어 줘야 감옥 가서도 어깨 좀 펴고 다니지 않겠어?"

"그러니까 누명이다?"

쾅!

아카드가 피식 웃으며 대수롭지 않게 대꾸하자 루시르는 벌떡 일어나더니 탁자를 쳤다. 그러고는 자신의 감색 블레이저 주머니에서 뭔가를 꺼내더니 아카드에게 던졌다.

"이래도 부정할 텐가?"

루시르가 던진 것은 마법공학 연구소에서 비밀리에 개발한 드로이안이라는 공중 마법 촬영 골렘으로 찍은 사진이었다. 아카드가 테디의 어깨를 감싸며 비행선에 오르는 장면과 내리는 장면, 다인 왕국의 수도 컨투어에서 제국의 대사와 함께 있는 사진들이었다.

"이래도 시치미를 뗄 것이냐!"

"내가 정보청의 감시 대상이었나? 나에 대해서 꽤 많이 알고 싶었나 봐."

"말 돌리지 마라. 너랑 농담할 시간 없다."

루시르는 흡사 짐승처럼 으르렁거렸다. 누구에게도 보여 주지 않았던 화를 아카드에게 전부 쏟아내는 것 같았다.

"흥분하지 마시고. 이 사진이 에레나 선배를 납치 및 감금한 거와 무슨 상관이지?"

"그렇게 나오시겠다? 네놈도 눈이 달린 녀석이라면 두 사진을 비교해 봐!"

루시르가 두 번째로 내놓은 사진은 에레나가 나풀거리는 하얀 드레스를 입고 저택 공원에서 산책하고 있는 모습이었다.

"에레나 선배가 동생이라서 자랑스러운 건 알겠는데, 완전히 다른 두 사람의 사진을 보여 주는 이유가 뭐지?"

"설마 두 사람이 다른 사람이라고 생각하는 것이냐?"

"다르잖아. 머리 색깔도 다르고 수염도 없고……."

"설마 내 앞에서 일부러 멍청한 척하는 것이냐? 그렇다면 실망인데? 첫 번째 사진에서 수염을 없애고 두 번째 사진과 비교해 보아라. 정말 다르다고 생각하나?"

아카드는 두 사진을 번갈아 보았다.

"아니야. 아닐 거야."

확실히 듣고 보니 닮았다.

"……."

입을 굳게 다문 아카드의 얼굴 위로 루시르의 으르렁거리는 목소리가 내려왔다.

"클라우스 가문 혈육의 명예를 훼손한 죄는 결코 가볍지 않을 것이야. 오늘 원로원 회의가 끝나면 네놈과 아래층에서 고문받고 있는 오크, 그리고 네놈 가문까지 모두 이 세상에서 사라질 것이다."

피식.

하지만 정작 아카드의 입에서 흘러나온 것은 짙은 비웃음이었다.

"고귀하신 우리 공작가도 갈 데까지 간 모양이군."

갑작스러운 아카드의 그 말에 루시르의 짙은 눈썹이 꿈틀 요동쳤다.

"무슨 뜻이지?"

"고작 나 하나 잡고 흔들겠다고 영애까지 팔다니 말이야. 아니, 고맙다고 해야 하나? 이렇게까지 날 좋게 봐 줘서?"

테디, 에레나. 확실히 닮았다. 아카드도 왜 이제 알았을까 싶을 만큼.

"고귀하신 공작가의 영애께서 제 발로 내 밑에 찾아와 수하가 됐다? 남장까지 하고? 그러고도 가문에서는 방치했다? 공작가가 고작 젊은 귀족 하나 잡기 위해 영애까지 이용했다고?"

그럼에도 아카드는 믿지 않았다. 아니, 그저 루시르가 아닌 테디를 믿었다는 표현이 맞을지도 모른다.

"지금 내게 그 말을 하고 있는가, 고귀하신 공작 자제 나리?"

＊　　　＊　　　＊

원로원 회의가 열리는 당일.

모건 백작의 저택에서는 총집사 블라디우스의 긴급 요청으로 가신들이 모였다. 최소한의 가신만 지방 영지에 남겨 두고는 전원 소집됐다.

그만큼 사안이 시급했다.

사건의 발단은 저택으로 날아온 금색 봉투.

중앙 귀족들만 참석하는 원로원 대회의 초청장이었다.

초청장에 적혀 있는 이번 원로원 회의의 안건은 두 가지.

진 제국과의 국교 수립과 아카드 폰 메디아가 클라우스 가문 영애를 납치한 것에 대한 처분을 다룰 것이라는 내용이 선명하게 찍혀 있었다.

"클라우스 공작가를 감시하라고 보낸 애들이 사라졌다고?"

"공작가 주변을 샅샅이 뒤져 보았지만 흔적도 없습니다."

"혹시 클라우스 기사단에 들켜서 끌려간 것은 아닌가?"

"누구보다 총집사님께서 애들의 실력을 잘 알지 않으십니까? 기사들한테 끌려갈 애들이 아닙니다. 설령 끌려갔다고 해도 흔적은 남겨 두었을 텐데 아무 흔적도 없습니다."

블라디우스의 질문에 메디아 가문의 집사 중 하나가 고개를 흔들며 부정했다.

감시자들 대부분이 모건 해적단 시절 영주성에 잠입해 정보를 수집하거나 영주들을 암살하고 성문을 여는 임무를 맡았던 암살자들이다.

지금의 황실도 뚫고 잠입할 수 있는 실력을 가진 부하들이 낮도 아닌 밤에 공작가 기사단에게 잡혀갔을 가능성은 거의 없다고 봐야 한다. 설령 잡혀가더라도 자신들의 흔적은 무조건 남기는 것이 암살자들의 필수 사항이다.

하지만 공중으로 증발했는지 땅으로 꺼졌는지, 감시하라고 보낸 부하들의 흔적은 전혀 찾을 수 없었다. 며칠간 수도를 샅샅이 뒤져 보았지만 부하들의 행방을 아는 사람은 아무도 없었다.

"치안대나 정보청 쪽은 알아보았나?"

"다 알아봤습니다. 하지만 거기서도 모르는 일이라고 합니다. 무슨 큰일이 생긴 게 분명합니다."

"산 넘어 산이군. 하필 클라우스 공작가 주변을 감시하던 애들만 사라졌단 말이지? 토마스 상단주, 어떻게 생각하시나?"

블라디우스 총집사 옆에는 상단에 있어야 할 토마스가 서 있었다.

아카드가 체포되고 A&M 투자상단은 온갖 조사를 핑계로 한 공무원들의 방해로 제대로 된 영업이 불가능했다. 결국 토마스의 결단으로 상단의 문은 닫히고, 맥주 마스터 라거를 비롯해 갈 곳 없는 몇몇 직원들은 모건 백작의 저택에 머물고 있었다.

"이거 안 좋은데요. 정보가 있어야 대책을 세우든지 말든지 할 텐데. 백작님께서는 언제 오십니까?"

"아마 오늘 내일이면 도착하실 것 같은데 왜 그러는가?"

"원로원 회의에서 작정하고 마스터와 마스터의 가문을 부수려고 하는 것 같습니다. 원로원 회의에 참석할 수만 있으면 뭔가 반박을 하면서 시간을 벌 수 있을 것 같은데 그럴 수도 없고."

원로원 회의는 후계자가 대리로 참석하는 것조차 불가능하다. 오로지 중앙 귀족으로 임명받은 가주들만 참석이 가능하다.

"큰일이야. 가주님께서 이 일을 아시는 날이면 난리를 치실 텐데."

집이 무너져도 표정 하나 변할 것 같지 않은 블라디우스 총집사가 안절부절못하고 있을 때였다.

"왜? 무슨 큰일? 요즘 내가 얼마나 조용히 지내는데 난리를 친다는 거야?"

문이 열리며 한 중년 사내가 나타났다. 산발의 중년 사내는 얼마나 험한 여행을 다녀왔는지 움직일 때마다 옷에 뽀얗게 가라앉은 먼지가 공중으로 흩날렸다.

"다들 표정이 왜 그래? 뭐야?"

아무것도 모르는 모건 백작이 돌아왔다. 그는 한량처럼 건들건들 방 주변을 돌아다니며 해적 시절부터 함께했던 부하들을 둘러보았다.

그런데 이상했다.

가신들이 모건 백작을 볼 때마다 고개를 돌리는 것이 아닌가? 자신에게서 시선을 피하는 부하들을 보며 백작이 궁금한 표정을 지었다.

"박쥐! 무슨 일이야? 말을 해! 말을!"

아무도 선뜻 대답하지 못하는 가운데, 블라디우스가 금박으로 입힌 봉투 하나를 백작에게 내밀었다.

"그거 뭐야? 귀족 새끼들 친목질하는 데 참석하라는 종이 쪼가리 아냐? 그거 내가 몇 번이나 버리라고 했을 텐데, 왜 아직 가지고 있어?"

"그것이……."

모건 백작은 난감한 표정으로 서 있는 블라디우스에게 다가가 그의 손에 있는 초대장을 뺏었다.

"내가 말했지? 이런 데 참석할 마음이 없다고. 줘 봐."

모건 백작은 금박으로 입힌 초대장을 펼쳤다.

"진 제국과 국교 수립? 미친놈들. 박 터지게 싸울 때는 언제고 이제는 손잡는다고 난리네. 다음은…… 이게 뭐야?"

건들건들 웃던 모건 백작의 안색이 180도 바뀌었다. 초대장에서 자신의 아들 이름을 발견한 모건 백작의 몸에서 사나운 폭풍 같은 기세가 뿜어져 방 전체를 휩쓸었다.

"이게 뭐냐니까? 내 새끼 이름이 왜 여기에 적혀 있어, 응?"

"가주님. 그것이 말입니다……."

"뭐냐고!"

모건 백작의 몸에서 일어난 분노가 유형의 기세로 바뀌면서 블라디우스에게 집중되었다. 해일과 같은 광대한 기세가 닿자마자 블라디우스의 몸이 붕 뜨더니 벽에 부딪쳤다.

쿨럭!

블라디우스는 내상을 입었는지 입가에서 붉은 피가 흘러

나왔다.

"한동안 육지에서 지내니까 편해 죽겠지?"

방 안이 정적에 빠졌다.

입을 여는 가신들은 아무도 없었다.

이렇게 화난 모건 백작의 모습은 처음이었다.

20년 전 모건 백작의 아내이자 아카드의 모친이 사라졌을 때도 이렇게 화를 내지는 않았다. 단지 1년간 말을 하지 않았을 뿐이었다.

"옷 가져와. 어디 내 새끼를 어떻게 할지 내 눈으로 확인해야겠어."

모건 백작이 주먹을 말아 쥐었다. 손 안에 있던 초대장은 먼지로 화해 버렸다.

*   *   *

루시르는 결국 붉어진 얼굴로 아무런 반박도 하지 못한 채 돌아갔다. 정보청 고문실에 홀로 남겨진 아카드는 여전히 입가에 미소를 머금었다.

"재미있군."

아카드를 궁지에 몰기 위해 동생인 에레나의 이름을 팔아 가면서까지 테디와 엮는 루시르의 모습은 신선한 충격이었다.

귀족으로서의 자부심이 강한 루시르가 설마 이런 식으로까지 나올 줄은 예상하지 못했으니까.

툭.

그렇게 웃음을 짓던 아카드의 몸짓에, 사진 두 장이 바닥에 떨어졌다.

처음 루시르가 내밀었던 테디와 에레나의 모습이 담긴 사진이다.

"……닮긴 닮았네."

확실히 닮았다. 마치 한 사람처럼. 수염을 빼고 머리색을 바꾸면 일개 상단의 직원에 불과했던 테디가 고귀하신 공작가의 영애로 변신할 수 있을 정도로 사진 속 두 사람의 모습은 너무나 흡사했다.

다른 건 몰라도 그것만큼은 아카드도 부정할 수 없다.

"……."

그 부정할 수 없는 사실에 아카드는 침묵했다.

"그럴 리가 없잖아."

잠시의 침묵 끝에 아카드는 급히 고개를 내저었다. 불현듯 찾아온 의구심이 문제였다.

겹쳐지는 사진 속 두 사람의 모습 탓인지, 아카드의 기억 속 테디의 모습들이 그 위로 겹쳐졌다.

제국으로 귀환할 때 배 안에서의 모습부터 MT에서의 일들이 떠오르기 시작했다. 이상할 정도로 테디에게 의심을 품고 있던 그로세 팀장과 다인 왕국에서 같은 방에서 지내며 샤워하고 나온 자신의 모습에 화들짝 놀라던 테디의 모습들이 주마등처럼 흘러갔다.

그저 대수롭지 않게 여겼던 일들이다.

하지만, 바닥에 떨어진 두 사람의 사진을 바라보면 볼수록, 그 대수롭지 않게 지나갔던 일들이 점점 더 선명해져 갔다.

어느덧 테디가 했던 그 이상한 행동들 위로, 에레나의 모습이 겹쳐지고.

"……."

아카드의 두 눈이 깊게 가라앉았다.

피식.

웃어 버렸다.

믿음이 의심이 되었다. 그럼에도, 아카드는 테디를 향한 믿음을 떨쳐 내지 않았다.

"그럴 이유가 없지. 그럴 필요도."

고고한 공작가의 자존심을 내팽개치고 공작가의 영애가 한낱 상단의 직원이 될 이유도, 필요도 없었다.

공작가가 아카드를 잡기 위해서였다면, 다른 방법도 많

앞으니까.

무엇보다 아카드가 믿고 있는 테디는 그에게 해를 끼칠 사람이 아니었다.

"아니다."

아카드는 마음속 깊은 곳에서 속삭이는 의심을 부정했다.

대신.

"라그니스."

정령계로 돌려보냈던 라그니스를 다시 불렀다.

"왜 또 불러! 피곤해 죽겠구만."

일주일 동안 아카드의 몸에 빙의해 신나게 불장난 쳤던 라그니스가 불평을 하며 나타났지만, 아카드는 이를 무심히 무시했다.

"저 문 파괴할 수 있겠지?"

그리고 손을 들어 굳게 잠긴 철문을 가리켰다.

"장난쳐? 저딴 철 쪼가리쯤은 순식간에 녹일 수 있지. 으흐흐."

또 다른 불장난을 벌일 생각 때문인지 라그니스의 몸을 감싸고 있던 불꽃이 환하게 타오르고 있었다.

"그런데 여기 계속 있을 생각 아니었어? 지금까지 그랬잖아?"

그러다가 문득 의구심이 들었는지 라그니스가 고개를 갸웃거렸다.

지금까지 아카드의 행동을 보았을 때는 그저 얌전히 이곳에서 시간을 보낼 것처럼 보였으니까.

"그래. 좀 전까지는. 그런데 지금은 아니야."

아카드의 대답은 간단했다.

"녹여!"

그리고 명령했다.

"좋아! 그럼 시작한다?"

환호와 함께 시커먼 강철의 문이 테두리부터 붉게 달아올랐다.

치이익! 칙!

순식간에 쇳물이 녹아 바닥으로 떨어졌다.

"그런데 왜 갑자기 작전을 변경한 거냐?"

라그나스는 신나게 철문을 녹이는 와중에도 입을 쉬지 않았다.

아카드는 붉게 녹아내리는 철문을 응시하며 대답했다.

"확인할 게 있어. 아니라는걸."

테디를 향한 의심이 사실이 아님을 확인해야 했다.

"그리고."

루시르가 말한 아래층에서 고문받고 있는 오크.

"이것들이 내 허락 없이 우리 듀랄을 건드린 모양이다."

아카드 자신이 감옥에 갇혀 고생하는 건 상관없다. 하지만 아카드의 사람은 아니다. 예상하지도 않았고, 예상하지도 못했다.

"구해야지."

그리고 단 한 번도 허락할 마음이 없었다.

화아아아악!

솟구치는 화염에 휩싸여 사라진 철문 속으로 아카드가 걸어 들어갔다.

*   *   *

검은 구름에 태양이 가려진 오후, 광폭한 빗줄기가 거칠게 쏟아지고 있었다.

모건 백작은 움직이는 마차에서 눈을 감고 조용히 앉아 있었다. 그는 가슴 깊은 곳에서 터져 올라오는 분노를 가라앉히기 위해 무던히 노력하는 중이었다.

모건 백작의 감정이 단전에서도 그대로 드러났다.

모건 백작이 서서히 눈을 떠 자신의 복부 부근을 쳐다봤다.

물론 겉으로 보기에는 아무런 움직임이 보이지 않는다.

하지만 모건 백작의 감정을 그대로 반영하듯 단전에서부터 움직이는 그의 마나가 용암처럼 부글부글 끓어오르고 있었다.

'감히! 내 새끼를.'

자신에게 달랑 편지만 남기고 사라져 버린 아내를 너무도 빼닮은 아카드의 외모 덕분인지 부자간에 대화는 거의 없었다. 자식을 볼 때마다 아내에 대한 괘씸함이 떠올랐기 때문이다.

하지만 아카드가 잘 때마다 몰래 다가가 이마를 쓰다듬을 때면 입꼬리가 올라가는 것을 참을 수가 없었다. 티는 내지 않았지만 자신에게는 없는 것을 갖춘 아들이 너무나 자랑스러웠다.

'블라디우스와 마리아드가 천재라고 침을 튀기며 칭찬할 때 들썩이는 어깨를 참느라 엄청 고생했었지.'

거친 해적들이 사는 해적섬에서 어린 자식의 교육을 맡길 사람은 그리 많지 않았다. 고작해야 블라디우스와 마리아드 정도였다. 그 둘의 지식은 해적이 아닌 일반적인 기준으로 볼 때도 대단한 경지였다.

흡혈족이자 특급 암살자로서 이백 년 이상 살아오면서 자연스럽게 얻게 되는 연륜과 엘프족이자 대마법사로서 가지고 있는 방대한 지식은 일반 사람이라면 평생을 배워도 모자랄 지경이었다.

하지만 두 스승은 삼 년 만에 두 손 들고 말았다. 가르쳐 주는 족족 외우고 자신의 것으로 만드는 통에 더 이상 가르칠 것이 없다는 것이다.

내색하지 않았지만 남몰래 얼마나 웃었는지 모른다. 자식이 뛰어나다는데 좋아하지 않을 부모가 어디 있겠는가.

아카드가 특이한 체질 때문에 기사나 마법사가 될 수 없는 몸을 가지고 태어났지만, 모건 백작은 아무런 걱정도 하지 않았다. 오히려 부족한 면이 있어서 다행이라고 생각했다.

신은 공평해서 인간에게 많은 것을 줄 때는 그만큼의 대가를 치러야 한다는 것을 깨달았기 때문이다.

그렇다고 모건 백작이 아카드를 방치한 것은 아니었다.

아카드의 체질을 고치기 위해 마나를 집어넣어 보기도 하고, 몸에 좋다는 것을 다 먹여 보았지만 소용이 없었다.

"어린놈의 자식이 욕심은 또 얼마나 많은지."

그때부터였을 것이다.

마나를 사용하기 힘들 것이라는 판정을 받았지만 아카드는 포기하지 않았다. 오히려 먹고 잠자는 시간 빼놓고는 검을 손에서 놓지 않을 정도였다.

자식의 몸과 마음이 망가질까 하는 걱정에 백작은 4대

함장 중 괴짜로 유명한 고블린 크레그를 아카드 옆에 붙였다.

크레그는 다른 함장들에 비해 강하진 않지만 약탈한 보물들을 감정하여 야시장에 유통시키는 것과 불법적으로 돈을 불리는 것에 대해 타의 추종을 불허했다.

"그 망할 새끼를 붙인 게 실수였어."

아카드는 한동안 검을 놓고 크레그와 붙어 다녔다.

하지만 육 개월 뒤, 크레그가 알고 있는 모든 수법을 자신의 것으로 만든 아카드는 해적섬을 탈출해 버렸다.

없어진 것은 아카드뿐이 아니었다.

모건 백작이 가장 아끼는 애검과 아카드가 장가갈 때 먹으려고 아껴 두었던 700년 된 와인까지 함께 사라졌다.

누가 해적왕 모건 아들 아니랄까 봐 들고 튄 것이다.

하필 아카드가 튄 곳은 전쟁터였다.

"언젠가 세상 구경을 시켜 줘야겠다고 생각했지만, 그곳이 전쟁터일 줄은 상상도 못 했지."

자식의 경호를 위해 급하게 보낸 블라디우스를 통해 아카드의 소식을 정기적으로 들을 수 있었다.

매점매석을 통해 병사들에게서 돈을 긁어모으다가 최전방으로 쫓겨난 일, 최전방에서도 중소 상인들을 대상으로 사채놀이를 한다는 소식 등이 들려왔다.

그럴 때마다 크레그는 몇 번이나 상어 밥이 될 뻔했다. 아카드의 이런 수법들은 모두 마지막 스승인 크레그에게서 배운 것들이기 때문이었다.

"백작님. 의사당에 도착했습니다."

어린 시절의 자식 생각을 하다 보니 모건 백작의 들끓던 마나도 가라앉았다. 감겼던 모건 백작의 눈이 서서히 떠지고 있었다.

"누가 뭐래도 너는 최고의 아들이었다."

모건 백작은 어렸을 때의 아들을 떠올리며 입꼬리가 스윽 올라갔다.

"그리고 믿는다. 이 정도 위기는 잘 헤쳐 나올 것이라는 것을."

방금 전 아카드가 일주일 이상 정보청에 갇혀 있다는 소식을 들었다.

하지만 걱정하지 않았다.

부모의 품을 벗어나 세상이라는 전쟁터에 나왔으면 그 정도 위기쯤은 얼마든지 생겨날 수 있다. 또한 자신의 아들이라면 그 정도 어려움 정도는 스스로 이겨 낼 것이라 믿었다.

단지 모건 백작이 참을 수 없는 것은 자식의 어려움의 원인이 자신이라는 것이다. 그는 대륙 전쟁이 끝나고 쓸모가 없어지자 자신을 쳐 내기 위해 아카드를 가둬 버린 귀족들의 행동에 분노했다.

"두들겨 패기 참 좋은 날씨다."

폭우를 쳐다보는 모건 백작의 눈동자에는 스산한 빛이 감돌았다.

＊　　＊　　＊

평소 같으면 한가해야 할 의사당 주변에 묘한 긴장감이 감돌았다.

묘한 것은 분위기뿐이 아니었다.

지난주까지만 해도 의사당 주변을 지키는 기사는 열 명 정도에 불과했다. 하지만 지금은 수도방위 사령부에서 파견된 백여 명의 기사들이 의사당 주변을 철통같이 감시하고 있었다.

수도방위 사령부 소속 백부장은 계단 위에서 지나가는 마차들을 살피고 있었다. 시야가 높아 주변을 살피기에는 좋았다.

혹시나 모를 메디아 가문의 반란에 대비해 대륙 전쟁에서 실전 경험이 있는 기사 백 명이 의사당에 투입되었다. 백부장은 이 정도 숫자라면 충분하다고 생각했다.

"아무리 해적들이라도 바보가 아니라면 이곳에 쳐들어
오지는 않겠지."

예상치 못하게 이곳이 뚫리더라도 의사당 안에는 더 무
시무시한 병력이 기다리고 있었다. 어떠한 적이라도 제국
의 중앙 귀족들이 회의하고 있는 의사당 3층까지 얼씬하지
못할 것이라고 확신했다.

백부장은 고개를 끄덕인 후, 옆으로 시선을 돌렸다.

폭우가 쏟아져서인지 신시가지의 술집들이 일찍부터 불
을 켜고 장사를 시작한 모양이다.

"회의만 끝나면 얼른 한잔하러 가야지."

백부장은 침을 꿀꺽 삼키며 술 생각이 간절해졌다.

*　　　*　　　*

"백작님."

마차의 문이 열리자마자 굵은 빗방울들 사이로 수십 개
의 창이 모건 백작이 탄 마차를 둘러싸고 있었다.

모건 백작은 웃으며 마차에서 내렸다.

"나를 기다리고 있었나?"

모건 백작의 말에 마차를 포위한 기사들은 아무도 입을
열 수 없었다. 분명히 마나를 일으킨 것도 아닌데 모건 백

작의 기세에 눌려 몸에 힘이 잔뜩 들어갔다.

"내가 알기로 의사당을 지키는 기사가 이렇게 많지 않았던 것으로 아는데. 환영 인사가 아주 살벌하니 마음에 드는구먼."

모건 백작은 기사들을 둘러보며 피식 웃었다.

"잠시 저희와 함께 가셔야겠습니다. 순순히 내려 주시지요."

계단 위에서 백부장이 큰 목소리로 외쳤다. 원래 계획은 체포 영장을 들이밀고 절차를 밟았어야 했다.

하지만 백부장은 계단 위에서 내려오지 않았다. 뭔지 모를 불길한 예감이 그의 다리를 붙잡고 있었다.

'혹시 드래곤이야? 뭐 이런 괴물이 다 있어?'

단 한 사람의 기세에 백 명의 기사들이 눌렸다.

백부장이 자신의 부관을 향해 고개를 끄덕였다.

원래 목적은 모건 백작의 체포였다. 하지만 상대가 반항이 심하면 사살해도 좋다는 허가까지 떨어진 상태다.

"전투태세!"

백부장은 중갑과 창검으로 무장한 부하들에게 소리쳤다. 그러자 모건 백작 주변을 포위하던 기사들이 하늘로 향한 창을 한 사람에게 향하며 포위망을 좁혀 왔다.

"그만한 각오는 했겠지?"

가장 가까이 있는 기사의 창을 **뺏은** 모건 백작의 몸이 잠시 흔들린다 싶더니 갑자기 사라졌다. 그러고는 순식간에 기사들의 수만큼 잔상이 일어났다.

마치 기사들의 수만큼 불어난 것 같았다.

파파파팟!

끼이이익!

갑자기 기사들 앞에 빛의 속도로 움직이는 은빛 잔상 하나가 나타났다.

"이게 뭐지?"

모건 백작이 사라지고 갑자기 나타난 은빛 잔상을 확인하는 순간, 강철 갑옷을 입은 기사들의 목 부근에서 불꽃이 일어나면서 쓸려 나가는 소리가 동시에 들려왔다.

그러더니 마차 주변을 둘러싸고 있던 기사들이 모두 목을 부여잡고 쓰러졌다. 쓰러진 기사들 대부분이 눈을 부릅뜨고 자신의 죽음이 믿어지지 않는다는 표정을 짓고 있었다.

수십 개의 은빛 잔상들이 사라지자 모건 백작이 무심한 표정으로 나타났다. 폭우를 맞는 시체 사이에서 모건 백작이 하늘을 한 번 쳐다보며 조용히 읊조렸다.

"아들아. 내 똥은 내가 치울 테니 너무 나를 원망하지 말거라."

원로원 의사당 계단을 밟고 하나씩 올라가는 모건 백작의 모습은 괴기스러울 정도였다.

*　　*　　*

계단 위에 있던 백부장은 너무 놀라 입을 크게 벌렸다. 방금 전까지 백부장 머릿속을 가득 채우던 술 생각은 먼지처럼 사라지고 무조건 달아나야겠다는 생각뿐이었다.

백부장은 의사당 입구를 향해 달려갔다.

산전수전 다 겪은 자신의 부하들이 단 한 사람에게 몰살당할 줄은 꿈에도 상상하지 못했다.

챙!

백부장은 거추장스러운 투구를 벗어던지고 뛰었다. 엄청난 문책이 자신을 기다리고 있겠지만 일단 살고 보는 것이 우선이었다.

백부장은 몸을 부르르 떨었다. 너무나 두려웠다. 어떻게 인간이 이렇게 강할 수가 있단 말인가.

위에서 지켜보던 백부장은 모건 백작이 어떻게 움직이는지 제대로 보지도 못했다. 마법사라도 되는 양 사라졌다가 나타났을 때는 부하들이 모두 죽은 상태였다.

백부장은 다급히 몸을 날려 의사당의 굳게 닫힌 문을 두들기려 했다. 안에 있는 윗분들에게 빨리 이 사실을 알려야 했다.

백부장이 있는 힘껏 달려가 의사당의 문을 두들기려고 할 때 뭔가가 백부장을 향해 날아왔다.

백부장은 다급히 그것을 피하고 문고리를 잡으려고 했지만 그럴 수 없었다.

"윽!"

뒤에서 누군가가 자신의 목을 쥐고 바닥에 던져 버리는 바람에 순간적이지만 숨을 쉴 수가 없었다. 칙칙한 바닥에 쓰러진 백부장이 팔을 올리고 위를 바라보니 놀랍게도 모건 백작이 자신을 내려다보고 있었다.

"어…… 어떻게……!"

백부장은 경악을 금치 못했다. 분명히 오십 개에 달하는 계단 아래 있었던 자가 어찌 자신을 따라 잡았단 말인가.

어쩌면 모건 백작은 마법을 쓸지도 모른다는 생각마저 들었다.

"나한테 할 말이 있을 것 같은데. 그렇지? 나는 쓸모없는 사람을 아주 싫어해."

모건 백작의 오른발이 백부장의 목을 지그시 누르고 있었다.

모건 백작의 말에 백부장은 고통스러운 와중에도 눈알을

굴렸다. 어디까지 말해야 할까? 잔머리를 굴리던 백부장은 눈이 번쩍 떠졌다.

'나도 살고 문책도 면할 수 있는 방법이 있다.'

백부장의 머릿속이 환해졌다.

"알겠습니다. 모든 것을 말씀드리겠습니다. 그, 그러니 이 발 좀……."

"잔머리 굴리면 머리통 터트려 버린다."

백부장의 말에 모건 백작이 발을 슬며시 들며 씨익 웃었다. 백부장은 모건 백작의 웃음을 보는 순간 엄청난 공포를 느껴야만 했다.

Chapter 4.
부자의 난

　회의가 한창인 의사당 3층 별관에서 고급스러운 갑옷을 입은 자들이 이야기를 나누고 있다. 그들 대부분은 같은 무게의 황금보다 훨씬 비싸고 강도와 가벼운 무게를 자랑하는 미스릴 갑옷을 입고 있었다.

　"형님. 해적 놈들이 올지 안 올지도 모르는데 이렇게까지 대규모 병력을 동원할 필요가 있을까요?"

　"그러게 말입니다. 형님이 데려온 수도방위대 기사들과 여기 모인 가문의 정예 기사들까지 합치면 자그마치 사백입니다."

　"사백이면 웬만한 전쟁에 투입되는 기사들의 숫자보다

많습니다. 고작 해적 놈들 때문에 이렇게까지 모여야 할 필요가 있을까요?"

별관에 모인 인물들의 정체는 제국 유수 가문들의 후계자들이다. 그들은 중앙 귀족들의 정점에 서 있는 클라우스 공작의 명령을 받고 각 가문의 정예 기사들을 끌고 수도로 올라왔다. 의사당 입구에 수도방위대 기사 팔십여 명이, 1층부터 3층까지 각 층마다 중앙 귀족들이 파견한 정예 기사 백 명이 철통같이 지키고 있는 상태였다.

"해적 놈들이 반란을 일으킬까 싶어 우리 모두가 이렇게 모였는데, 만약 모건 백작 혼자 오면 우리 꼴이 뭐가 됩니까?"

"남들이 보면 모건 백작 하나를 잡겠다고 수백 명의 기사들을 끌고 왔다고 수군거릴 거 아닙니까? 가뜩이나 회의실 안에 진 제국 특사까지 와 있는데 말입니다."

회의가 열리고 있는 의사당 안에는 특별 손님이 와 있었다. 두 제국간의 국교 수립을 발표하기 위해 진 제국에서 파견한 특사가 중앙 귀족들과 한창 토의를 나누는 중이었다.

"태사라는 직책이 진 제국에서는 황제의 스승을 가리키는 것이라고 하던데 그자가 돌아가면 진 제국 황제에게 뭐라고 전하겠습니까? '노틸러스 제국은 겁쟁이들만 모였다'라고 소문낼 거 아닙니까. 아이구, 답답해."

한 사람의 불만이 시작되자 여기저기서 불만들이 터져 나왔다. 가뜩이나 자신들이 특별하다고 믿는 자들인데 폭우의 날씨에 완전 무장까지 한 채로 의사당을 지키라고 하니 화가 잔뜩 난 듯하다.

"어허. 공작님의 명령이라고 하지 않는가. 우리는 그저 공작님의 명령만 따르면 되는 것이야."

후계자들의 불만을 가만히 지켜보던 사내가 엄한 목소리를 내자 잠깐이지만 별관의 소란이 진정되었다.

모든 후계자들이 눈치를 보는 곰 같은 덩치를 가진 사내의 이름은 카렌 폰 커맨더. 노틸러스 제국 중앙 귀족 서열 2위 가문의 장남이자 수도방위 사령부 부사령관을 맡고 있는 인물이었다.

"하지만 형님!"

"그만하라는 내 목소리가 들리지 않나!"

카렌이 소리치며 주변을 살피자 다른 후계자들은 거북이처럼 목을 움츠리며 눈치를 보거나 헛기침을 하였다.

"젠장!"

후계자들의 불만을 잠재우기 위해 말은 그렇게 했지만 카렌의 심기도 불편했다. 그 또한 수도방위대 기사들을 사병처럼 부리는 클라우스 공작의 명령이 썩 마음에 들지 않는 눈치다.

콰콰콰쾅!

갑자기 아래층에서 엄청난 굉음이 들려왔다.

카렌은 물론이고 방금 전까지 불평을 늘어놨던 후계자들까지 누군가 달려오는 발자국 소리에 귀를 기울였다.

"뭐지?"

카렌은 눈살을 찌푸렸다. 싸움이 난 거라면 비명 소리라도 들려야 하는데 엄청난 굉음밖에 들리지 않아 답답한 표정이다.

"자네들 중 한 명이 아래층에 내려가서 무슨 일인가 좀 알아 오게."

카렌은 각 가문의 후계자들을 바라보며 말했다.

"제, 제가 왜요! 다른 사람 시키십시오. 전 못 갑니다."

"제가 몸살이라……."

"저는 다리가 불편해서……."

방금 전까지 너무 과한 병력을 불렀다, 진 제국 특사 보기에 부끄럽다고 불평하던 자들이 카렌의 시선을 회피하며 몸을 돌렸다.

'쓰레기 같은 놈들.'

카렌은 그들을 비웃으며 일어났다. 아래에서 무슨 일이 일어났는지 확인해야 했다.

콰콰콰쾅!

굉음이 또다시 들려왔다.

처음의 굉음보다 훨씬 더 컸고, 3층 별관에서 진동을 느낄 정도였다.

그때 갑자기 문이 열리며 다급한 표정의 인물이 달려왔다. 그 인물은 수도방위 부사령관 카렌이 익히 잘 아는 자였다.

"큰일 났습니다! 모건 백작이 쳐들어왔습니다."

"적의 숫자는 얼마나 되던가?"

"혼자 왔습니다."

카렌의 얼굴이 있는 대로 일그러졌다. 고작 한 사람 때문에 이렇게 난리법석을 피운단 말인가.

"의사당 밖에 백 명이나 배치해 뒀는데 막질 못했단 말이냐."

"막을 수가 없었습니다."

"뭐라? 그게 말이 된단 말인가?"

"모두 몰살당했단 말입니다."

그제야 카렌의 얼굴이 당황한 표정을 지었다.

"백 명 모두 말인가?"

"그뿐만이 아닙니다. 1층에서 대기하고 있던 각 가문의 기사분들도⋯⋯."

백부장은 눈물을 글썽이며 말을 잇지 못했다.

"어찌 그런 일이."

"이놈! 여기가 어디라고 거짓을 말한단 말이냐!"

카렌은 경악한 표정을 지었다. 카렌뿐만 아니라 다른 귀족가의 후계자들도 백부장에게 고함을 치며 현실을 부정하고 있었다.

"아버님의 걱정이 사실이었단 말인가. 정말 모건 백작이 전설의 소드 마스터라도 된다는 말인가?"

처음에는 국방대신인 아버지의 말이 허무맹랑하다고 생각했다. 고작 해적 따위가 기사들의 꿈이자 검의 최고봉인 소드 마스터라는 사실이 믿을 수가 없었다.

하지만 그것 이외에는 지금의 현상을 도저히 이해할 수가 없었다.

'그것이 사실이라면 우리 모두 이곳에서 죽을지도 모른다.'

카렌은 각 가문에 전달된 클라우스 공작의 명령이 과하다고 생각했다. 고작 해적 따위를 잡는 데 각 가문의 기사들을 차출하는 것으로도 모자라 수도방위 사령부의 기사들까지 요청하는 것은 귀족으로서 수치스러운 일이라고 생각했다.

그러나 자신이 틀렸다.

소드 마스터라는 경지를 한 번도 접한 적이 없지만 고대 전략서에 적힌 내용이 사실이라면 여기 있는 인원들로는 어림도 없었다.

고대시대에 작성된 전략서에 따르면 소드 마스터 하나를 잡으려면 최소 익스퍼트급 기사 백 명은 필요하다. 그것도 소드 마스터가 된 지 1년도 안 된 검사를 기준으로 했을 때다.

'나를 포함해 회의실 안에 계신 가주님들을 포함해도 익스퍼트급 기사는 열 명도 되지 않는다.'

결국 카렌이 할 수 있는 최선의 방책은 회의실 안의 가주들을 피신시키는 일뿐이었다.

"부사령관님, 얼른 회의실 안에 계신 가주님들을 대피시키셔야 합니다."

부르짖는 백부장의 모습에 카렌은 고개를 끄덕였다. 어젯밤 꿈자리가 사나워서 불안했던 것이 이 때문인 모양이다. 그러나 모두 몸을 뺄 수는 없다. 누군가는 남아서 시간을 끌 사람이 필요했다.

"모두 회의실 안으로 들어가서 각 가주님들께 이 사실을……."

카렌은 각 가주님들께 비상 상황을 알리고 비상 통로로 도망가라는 말을 하기 위해 뒤를 돌아보았다. 그런데 후계자들은 어디론가 사라지고 없었다.

"크큭. 역시 쓰레기들이라 그런지 도망치는 것도 빨라."

"사령관님도 얼른 몸을 피하십시오."

"나는 가지 않는다."

"네?"

백부장은 눈을 커다랗게 뜨고 자신의 상관을 쳐다보았다.

"고작 해적 따위에게 등을 돌릴 수는 없다."

"그자는 사람이 아닙니다. 괴물입니다!"

카렌은 별관의 문을 벌컥 열었다. 별관 바깥에는 자신의 가문에서 특별하게 훈련한 기사 백 명이 카렌만 바라보고 있었다.

"우리는 이곳에서 제국의 반역자를 잡는다."

카렌은 자신의 검을 뽑아 들고는 검집을 바닥에 팽개쳤다. 목숨을 걸겠다는 자신만의 의지였다.

칭칭칭!

밑에서 들려오는 굉음에 불안한 눈동자로 카렌을 쳐다보던 기사들이 하나둘씩 자신의 무기를 꺼내 들었다. 불안했던 그들의 모습도 서서히 비장하게 바뀌어 간다.

"자네는 아무도 모르게 빠져나가 사령부에 해적들이 반역을 일으켰다는 사실을 알리게."

"부사령관님을 남겨 두고 제가 어떻게?"

"자네에게 제국의 운명이 달렸네."

말을 마친 카렌은 백 명의 기사들과 함께 3층으로 연결된 계단을 향해 움직였다.

콰콰콰쾅!

모건 백작이 만들어 내는 굉음은 아직도 계속되고 있었다.

*　　　*　　　*

모건 백작은 3층으로 향하는 계단을 오르기 전 자신의 뒤를 올려다보았다. 지금까지와는 뭔가 다른 분위기를 느꼈다.

가끔 귀족 영지를 약탈할 때 고지식하게 기사도를 언급하며 목숨을 버리는 자들에게서 볼 수 있는 기세가 느껴졌다.

"재밌는 놈들이네. 제국에도 이런 고지식한 인물이 남아 있었나?"

계단의 끝이 보이기 시작할 때 수백 개의 검들이 질서정연하게 자신을 포위하고 있었다.

"오호라. 검진인가? 아직 이런 것이 제국에 남아 있어?"

모건 백작의 눈이 살짝 커졌다. 의외라는 표정이다.

"모건 백작. 어서 무기를 버리고 투항하시오. 목숨은 살려드리리다."

기사들이 모건 백작을 완전히 둘러싸자 수많은 검들 틈에서 수도방위 부사령관 카렌이 나타났다.

"죽여 주실 수는 있으시고?"

"아무리 백작이 강해도 우리를 쉽게 뚫고 갈 수는 없을 것이오."

모건 백작이 비아냥거리자 카렌은 손에 들고 있던 검을 겨누었다.

'커맨더 진형을 익힌 우리 기사들이라면 아무리 소드 마스터라고 해도 막아 낼 수 있을 거야.'

귀족들은 암시장을 이용하는 경우가 많았다. 가격은 비싸지만 남들 모르게 보물을 소유할 수 있다는 점이 매력적이기에 신분을 감추고 방문하곤 했다.

고대 전쟁이나 전략에 관한 고서 수집이 취미인 카렌은 3년 전 암시장에서 진형서 한 권을 발견했다.

최소 오십 명이 필요한 진형서는 기사의 숫자가 많을수록 강해지는 특징을 가지고 있었다. 여럿이 하나를 공격하기에도, 다른 기사단을 공격하기에도 적합하다.

뿐만 아니라 적의 공격을 막는 것에도 적합하며, 수많은 적을 돌파하는 데도 유용했다. 그야말로 신이 커맨더 가문에 내려 준 선물이었다.

오죽하면 가문의 이름을 붙여 커맨더 진형이라고 이름까지 바꿀 정도로 대단한 보물이었다.

"앞의 저 사람은 더 이상 제국의 백작이 아니다. 반역자다. 쳐라!"

카렌은 가문의 기사들을 향해 소리쳤다. 주변의 기사들

을 바라보는 카렌의 얼굴은 비장했지만 믿음이 가득했다.

"잔재주만 익혔군."

모건 백작은 중얼거리며 수도방위군 기사에게 뺏은 창을 크게 휘둘렀다.

휘이이익!

엄청난 바람이 휘몰아치더니 모건 백작 정면에 있던 모든 기사들이 둘로 쪼개지며 쓰러졌다. 더 이상 모건 백작 앞에 그를 막는 기사는 없었다.

카렌은 눈을 크게 치켜떴다. 창이 움직이는 모습은 보지도 못 했다. 단지 눈을 뜰 수 없을 정도의 광풍이 휩쓸고 지나갔다는 느낌뿐이었다.

"어떻게 창 하나로 이렇게…… 마법인가?"

카렌은 넋이 빠졌는지 고개를 흔들었다.

아무리 소드 마스터라고 해도 창 하나로 이 정도의 위력을 낼 수는 없었다. 대마도사가 바람의 마법을 일으킨 것이 아니라면 설명할 수 없는 현상이었다.

휘이이잉!

동료의 죽음을 목격한 가문의 기사가 모건 백작에게 달려들었지만 사선으로 몸이 갈라졌다.

"뭣들 하느냐! 저 반역자를 죽여라!"

카렌의 외침에 기사들은 정신을 차리고 정해진 순서대로

자신의 자리를 잡기 시작했다. 그러고는 커맨더 진형을 발동시켰다.

비록 열 명이 넘는 기사가 죽기는 했지만 검진을 발동시키는 데에는 전혀 무리가 없었다. 어차피 오십 명 이상만 있으면 되는 거였고 나머지는 위력을 증폭시키는 역할만 할 뿐이다.

커맨더 가문의 기사들이 어지럽게 움직이며 모건 백작을 향해 공격했다. 모건 백작은 위와 아래, 사방에서 날아오는 검을 차분하게 지켜보며 창을 크게 휘저었다.

꺼억! 꺼억!

카렌의 눈에 서서히 공포가 물들기 시작했다. 은밀히 모건 백작의 급소를 공격하던 자들이 피가 끊임없이 흐르는 자신의 목을 부여잡고 급사했다.

"에이씨! 수도를 지키는 기사들의 무기가 이렇게 허약해서야. 쯧쯧."

모건 백작의 손에 있던 창이 위력을 견디지 못하고 산산조각 났다. 모건 백작의 시선이 방금 전 쓰러진 기사의 검으로 향했다. 주인을 잃은 검이 순식간에 모건 백작의 손으로 빨려 들어왔다.

"역시 개 잡는 데는 검이 최고지. 창은 너무 길어서 불편해."

두두두둑!

모건 백작이 검을 이리저리 휘두르며 목을 좌우로 꺾었다. 그러고는 순식간에 기사들의 진형으로 파고들었다.

수십 명에 달하는 기사들의 살기가 난무하는 진형 한가운데 서 있는 모건 백작의 표정은 느긋했다. 수십 개의 무기를 움직이는 상황에도 모건 백작은 여유롭게 움직이며 칼을 휘둘렀다.

대형은 어지럽게 모건 백작을 공격하고 있었지만 모건 백작이 칼을 한 번 휘두를 때마다 정확히 한 명씩 바닥에 쓰러졌다. 마치 모건 백작 주변에만 시간이 멈춘 것 같았다.

휘휘휘휙!

모건 백작이 검을 휘두를 때마다 검에서 발산되는 충격파에 의해 커맨더 가문이 자랑하는 기사들은 속수무책으로 쓰러지기만 했다. 급기야 용맹함을 자랑하던 기사들이 점점 뒷걸음질 치더니 도망치기 시작했다.

카렌은 그런 모습을 보며 입술을 깨물었다.

"어, 어떻게 이런 일이……."

카렌은 망연자실한 표정으로 가문의 기사들이 도망치는 모습을 바라볼 수밖에 없었다. 카렌이 갑옷 벨트 주머니를 더듬으며 무언가를 찾았다.

둥근 구슬 하나가 손에 잡혔다. 동시에 의사당 입구에서 자신에게 이것을 준 소로스 은행장의 얼굴이 떠올랐다.

'혹시 모건 백작을 막을 수 없다면 커맨더 가문의 명예라도 지켜야 하지 않겠소? 이번에 그루먼 상단에서 개발한 신무기인 마력탄이라고 합니다. 유용하게 쓰일 거요.'

소로스 은행장은 조그만 구슬에 불과한 이것이 의사당 건물의 반 정도는 날아갈 위력을 지닌 무시무시한 무기라고 말했다.

"소로스 은행장. 이걸 노렸나?"

카렌은 어금니를 꽉 깨물며 자신에게 다가오는 모건 백작을 노려보았다.

"꼬맹이 덕분에 땀 좀 흘렸네?"

카렌의 눈에 느글느글한 웃음을 지으며 다가오는 모건 백작이 들어온다.

"막을 수 없다면 함께 죽는다."

카렌은 구슬을 꾹 누르고는 모건 백작을 향해 달려갔다.

"제국의 반역자! 죽어라!"

"미친놈!"

모건 백작이 신경질적으로 검을 휘둘렀다.

번쩍!

그것이 카렌이 본 마지막 빛이었다. 카렌의 가슴이 스윽 갈라지며 바닥에 쓰러졌다.

"이제 날 건드린 놈들의 표정이나 구경하러 가 볼까? 응?"

모건 백작이 고개를 숙이니 카렌이 다 죽어 가는 상황에서도 자신의 바짓가랑이를 붙잡고 있었다.

"크크크. 너……도…… 죽는다."

카렌은 실성한 것처럼 웃어대더니 푹 하며 고개를 떨궜다. 그런데 갑자기 카렌의 허리 쪽에서 환하게 빛이 솟아났다.

콰쾅쾅쾅!

엄청난 소리와 함께 폭발이 일어났다.

의사당 계단은 물론이고 별관까지 무너져 버릴 정도로 강하고 거대한 폭발이 일어났다. 건물만으로도 부족했는지 곳곳에 불이 번지면서 뜨거운 열기가 사방을 휘저었다.

* * *

끼이이익.

몸 전체가 시커멓게 그을린 인물 하나가 검을 의지해 휘청거리며 일어났다.

"쿨럭. 쿨럭. 역시 개새끼들이야. 이런 수까지 쓰다니."

모건 백작이 무너진 건물 잔해를 뚫고 나왔다. 뭔가 이상한 점을 알아채고 몸을 날렸지만 자신의 몸 내부는 엉망이었다. 마나는 흐르고 있었지만 검술을 온전히 펼치기에는 무리가 있었다.

"그래도 끝은 봐야지."

모건 백작은 힘겹게 몸속에 있는 마나를 회전시켰다. 평소에는 눈감고도 되던 것이 이마에 땀을 흘릴 정도로 고통을 수반했다.

모건 백작은 검을 지팡이 삼아 천천히 회의실 문을 열었다.

끼이이이익—

문을 열고 들어가니 회의실은 깜깜했다.

"이 새끼들 벌써 튀었어?"

모건 백작이 어이없는 표정으로 회의장 내부를 보고 있을 때, 갑자기 마법 등이 켜지기 시작했다.

탁탁탁탁.

바깥부터 등이 켜지면서 중앙 단상을 제외한 회의실 전체가 훤히 들여다보였다.

예상대로 귀족들이 앉아 있어야 할 자리에는 텅 빈 의자만이 놓여 있었다. 눈치가 빠른 종족이라 그런지 아래층에서 소동이 나자마자 귀족들은 비상구를 통해 빠져나갔다.

탁!

그리고 마지막 등이 켜지면서 가장 큰 마법 등이 중앙 단상을 훤히 비추고 있었다.

"왔는가? 모건 백작."

의제를 발표하는 사람들을 위한 단상 중앙에는 황금 의자가 떡하니 놓여 있었다. 놀랍게도 황금색 의자에 앉아 있는 인물은 클라우스 공작이었다.

가장 먼저 도망쳐야 할 인물이 마지막까지 남아 황금의자에 앉아 모건 백작을 쳐다보고 있었다. 뒤에는 소로스 은행장이 황금 의자 테두리를 잡고 공작을 보호하듯 곁에 서 있었다.

"공작님께 예의를 갖추시지요."

"보기 싫은 놈들이 세트로 남았으니 고맙다고 절이라도 해야 하나?"

"이분은 제국의 총리대신이자 원로원 의장이십니다. 당장 무릎을 꿇으시지요."

모건 백작은 소로스를 향해 피식 웃으며 단상을 향해 천천히 내려갔다.

"제 말은 먹히지 않는군요. 공작님께서 한마디 해 주시지요."

"흐흐흐. 무릎을 꿇어라."

클라우스 공작은 자신을 향해 다가오는 모건 백작을 보면서도 아무런 표정을 짓지 않았다. 무엇을 믿는지 모르겠지만 모건 백작이 바로 앞까지 다가왔음에도 웃는 여유까지 보이고 있었다.

"좋아. 해적의 방식대로 환영의 인사를 격하게 해드리지."

모건 백작의 입가가 살짝 가늘어졌다. 그리고 검이 움직였다. 엄청난 살기를 품은 검의 궤적이 클라우스 공작과 소로스 은행장을 덮쳤다.

*　　*　　*

노틸러스 제국이 큰 충격에 빠졌다.

중앙 귀족의 상징 중 하나인 원로원 의사당이 한 사람에 의해 파괴되고 수많은 사람이 죽었다는 급보가 터졌다. 다행히 중앙 귀족의 수장이자 원로원 의장인 클라우스 공작은 목숨은 건졌지만 식물인간이 되었다.

그보다 더 충격적인 사실은 혼수상태에 빠진 공작의 빈자리를 소로스 은행장이 차지했다는 것이다. 공작이 식물인간이 되자마자 클라우스 가문의 전속 변호사는 공작의 유언장을 공개했다.

유언장에는 후계자 루시르가 가주의 역할을 안정적으로 수행할 수 있을 때까지 1년간 후견인의 자리에 소로스 은행장을 임명한다는 것이다.

클라우스 공작을 구하느라 중상을 입었다고 알려진 소로

스 은행장은 치료소로 이동하는 도중 기자들에게 겸허하게 후견인 자리를 받아들인다고 발표했다.

소로스 은행장은 순식간에 제국을 움직이는 두 단체, 제국은행과 원로원을 손에 거머쥔 최고 권력자로 떠올랐다.

＊　　　＊　　　＊

단단했던 정보청 고문실의 강철문이 녹아 버렸다.

땡! 땡! 땡!

지하에서 울리는 비상종 소리에 정보청 기사들은 무장을 한 채 내려왔다. 단단한 강철문은 흔적도 없이 녹아내리고 고문실은 전체는 활활 타오르고 있었다.

"마, 말도 안 돼……."

불구덩이 속에서 아카드가 천천히 걸어 나왔다.

아카드가 걸어 나올 때마다 주변의 불덩이들은 살아 있는 생명처럼 자리를 비켜 주었고, 바람들이 머리카락 하나 손상되지 않도록 아카드의 몸을 휘감고 있었다.

그의 옷깃에는 먼지 한 톨, 그을음 하나 묻지 않았다.

"비켜."

아카드의 말이 떨어지자마자 양옆에 있던 기사들의 몸에 엄청난 불덩이들이 달라붙었다. 기사들은 녹아 버리는 동료의 모습에 원래의 임무도 잊고 도망치기 시작했다.

"지금부터 내가 사냥꾼이 되어 주지."

아카드가 지나가는 자리마다 불길이 타올랐고 도망치는 자들 앞에는 보이지 않는 바람의 벽이 가로막고 있었다.

"라그니스 님. 저 자식도 잡을까요?"

"이 새끼야. 그걸 말이라고 해! 얼른 잡어. 불타올라라!"

바람의 정령 실리안과 불의 정령 라그니스는 신이 났다. 그동안 아카드에게 쌓여 있었던 스트레스를 정보청 직원들에게 쏟아내고 있었다.

"누가 좀 살려 줘!"

"발이 움직이지 않아. 누가 내 몸에 물이라도 뿌려 줘!"

지하에서 죄인들을 감시하던 정보청 직원들은 비명을 질러 댔다. 바닥에 굴러서라도 자신의 몸에 붙은 불을 끄고 싶었지만 무엇에 묶인 것처럼 발이 움직이지 않는다.

강제로 움직이려고 하면 어디선가 강한 바람이 불어와 묶어 버리니 불길만 더 키우는 셈이었다. 결국 가만히 서 있는 채로 불타 죽을 수밖에 없는 신세가 되었다.

"한 명은 남겨 놔."

"왜? 다 태워 버리자고."

"남겨 놓으라고 했다."

라그니스가 도망치는 마지막 인간의 모습을 보며 아쉽다

는 표정으로 입맛을 다셨다. 실리안이 그 뒤를 신나게 쫓고 있었다.

"쩝. 부럽다."

마지막 남은 정보청 직원은 창백한 얼굴로 앞만 보며 달렸다. 그의 머릿속에는 동료들의 비명 소리와 불타는 모습만이 남아 지워지질 않았다.

미친 사람처럼 뛰어가는 정보청 직원의 눈에 지상으로 통하는 철문이 보였다. 허겁지겁 손잡이를 잡고 두들기려는 순간 그의 몸이 뒤로 쑥 내려갔다.

"인간 주제에 이 실리안 님의 손아귀를 빠져나갈 수 있을 것 같아?"

실리안의 손짓 한 번에 도망치는 직원의 양발을 바람들이 휘감았다. 실리안은 의기양양한 표정을 지으며 직원을 바닥에 질질 끌면서 아카드에게 데려갔다.

＊　　　＊　　　＊

"여긴가?"

"그, 그렇소. 약속대로 목숨은…… 컥!"

아카드가 두 정령들을 향해 눈짓을 보냈다.

"아싸! 드디어 불쇼 시작이다!"

"라그니스 님. 제가 움직이지 못하게 꽉 잡고 있을까요?"

"넌 저리 꺼져! 이 인간 도망갔을 때 너 혼자 실컷 즐겼잖아."

거대한 불덩이가 정보청 직원에게 다가갔다.

"안, 안 돼!"

정보청 직원은 움직이는 생물처럼 자신에게 다가오는 불덩이를 피해 앉은 채로 뒷걸음질 쳤다. 하지만 차가운 벽에 의해 더 이상 도망갈 데가 없었다.

"으, 으아아아악!"

화르르르르륵!

활활 타오르는 거대한 불덩이는 순식간에 정보청 직원을 삼켜 버렸다. 그가 있었던 자리에는 검은 재만 남아 연기가 피어올랐다.

"나를 고문해도 소용없다! 우리 공자님은 죄가 없다! 으아아아!"

아카드 근처에서 익숙한 목소리가 들렸다. 어렸을 때부터 자신을 졸졸 따라다니며 좋은 것이 있으면 가장 먼저 가져다주던 아주 소중한 오크가 비명을 지르고 있었다.

"오크의 피가 정력에 그렇게 좋다는데 한 번 뽑아 볼까?"

"키키킥. 너무 뽑지 말라고. 가뜩이나 어금니를 뽑아서 출혈이 심한데 죽기라도 하면 곤란해져."

"뭐 어때. 어차피 몬스터잖아. 죽더라도 뭐라고 할 사람은 없다고. 클클클."

아카드는 분노에 가득 찬 목소리로 소리쳤다.

"열어!"

아카드의 분노가 고스란히 전해졌는지 라그니스는 지금까지와는 비교도 할 수 없을 정도의 고열을 내뿜으며 강철문에 달라붙었다. 그러자 단단한 강철로 만든 문이 거짓말처럼 녹아 버렸다.

스르르륵.

아카드의 분노를 눈치챘는지 문이 없어지자마자 라그니스와 실리안은 안에 있는 고문 기술자들에게 달라붙었다. 결국 고문 기술자들은 흔적도 없이 재가 되어 버렸다.

아카드가 문 안으로 한 발 들어갔다. 기술자들이 재가 되어 버린 광경을 두 눈으로 목격한 직원 하나가 의자에서 넘어져 바지에 오줌을 지렸다.

아카드가 문 안쪽으로 들어서자 의자에 묶인 듀랄의 처참한 모습이 보였다. 오크의 상징인 어금니가 뽑혀 입에서는 피가 철철 흐르고 온몸에는 불로 지진 상처들이 가득했다.

지금도 극심한 고통 때문인지 아니면 분해서인지 몰라도 듀랄은 계속 몸을 비틀며 부르르 떨고 있었다.

아카드가 활활 타오르는 눈동자로 주변을 살펴보았다.

끔찍한 고문 도구들이 피가 범벅인 채 바닥에 나뒹굴고 있었다. 그리고 도구들 옆에 붉게 달아오른 인두를 들고 있는 정보청 직원이 눈에 들어왔다.

"다, 당장 풀겠습니다. 목숨만은 살려 주십시오."

직원의 입에서는 기분 나쁜 술 냄새가 풀풀 풍겨오고 있었다.

빡!

직원의 머리에서 피가 튀며 고개가 돌아갔다. 아카드의 손에는 바닥에 뒹굴고 있던 뾰족한 가시들이 솟아 있는 철퇴 하나가 들려 있었다.

"우리 마스터 화나니까 돌아 버리네."

"끔찍하긴 하지만 남자라면 자고로 저런 패기는 있어야지! 암!"

말 한 마디 없이 철퇴를 날리는 아카드의 모습에 실리안과 라그니스가 어이없는 표정을 지었다.

빡! 빡! 빡!

"우웩! 살려……주……."

아카드가 휘두르는 철퇴에 직원의 두개골은 사정없이 부서지고 있었다. 아카드가 팔을 휘두를 때마다 통증은 전신으로 퍼져 갔다.

"네놈은! 듀랄이 그만하라고 했을 때! 그만 둔 적이! 있나!"

아카드는 말을 끊을 때마다 정보청 직원에게 사정없이 철퇴를 휘둘렀다.

그렇게 얼마나 철퇴를 휘둘렀을까? 철퇴를 휘두를 때마다 팔다리를 움직이던 직원의 몸은 축 늘어졌다. 더 이상 철퇴로 가격해도 아무런 움직임이 보이질 않았다.

아카드는 걸음을 옮겼다.

그의 앞에는 신음 소리를 흘리며 피투성이가 된 듀랄이 축 늘어져 있었다.

"실리안. 가서 풀어."

마침내 듀랄의 몸을 결박하던 밧줄이 풀렸다. 정신을 차리고 희미하게 앞이 보이는 상황에도 듀랄은 움직이지 못했다. 눈앞에 꿈에도 그리던 소공자의 모습을 보았기 때문이다.

"공자님!"

듀랄의 눈에 아카드의 모습이 똑똑히 들어왔다.

"고, 공……자님, 어떻게? 몸은…… 괜찮은가."

듀랄은 상처 입은 자신의 상태도 잊은 채 아카드의 몸 구석구석을 살펴보았다. 그러나 돌아온 것은 아카드의 차가운 대답뿐이었다.

"왜! 왜! 빠져나가지 않았지? 듀랄의 실력이면 빠져나가는 건 일도 아니잖아! 아니, 여긴 왜 왔지? 네가 여기 오면……!"

아카드의 차가웠던 목소리가 점점 고조되고 있었다. 시간이 지날수록 그의 목소리는 불 정령 라그니스처럼 뜨겁게 달아오르고 있었다.

그러나, 그런 아카드의 뜨거운 분노는 듀랄의 순진한 말에 가로막혀 버렸다.

"나 때문에 공자님이 다치면 안 된다고 생각했다. 그래서 아픈 것도 많이 참았다."

"내가 이런 곳에서 죽을 사람으로 보이냐!"

"나는 공자님에게 도끼 다루는 법도 가르쳤고, 숲에서 먹으면 안 되는 과일들도 가르쳤고. 선생은 제자를 지켜야 한다고 백작님께 배웠다."

"지금 그게 중요한 것이냐! 왜 내 허락 없이…… 왜 네가 나 때문에……!"

아카드는 화를 내고 있었다.

자신 때문에 하찮은 것들에게 당해도 되지 않을 고통을 당한 어리석은 어릴 적 스승에게 화를 내고 있는 것이다.

"아니다. 어금니가 없는 건 부끄럽지만 오크는 상처 금방 낫는다. 공자님은 걱정 안 해도 된다."

어떻게 이렇게 어리석을 수가 있지? 오크 전사가 어떻게 인간인 자신에게 이렇게 무조건적인 충성을 할 수 있단 말인가.

"공자님은 걱정할 필요 없다. 듀랄은 금방 낫는다."

오크 전사 듀랄은 제 몸은 생각도 않고 양팔을 흔들었다. 그렇게 그저 성난 아카드를 안심시키려고 무던히 노력했다.

"듀랄 점점 눈이 감긴다. 듀랄은 공자님과 함께 놀아야 하는데……."

듀랄의 목소리에서 힘이 점점 빠진다. 고문 때문에 체력이 다한 상태에서 아카드의 건강한 모습을 확인하자 팽팽했던 긴장감이 풀어지면서 일어나는 현상이다.

"걱정하지 말고 푹 자."

아카드는 쓰러지듯 무너지는 듀랄을 부축했다.

"이제부터는 내가 알아서 한다."

듀랄을 부축하며 몸을 돌린 아카드가 말했다.

"가지."

"어, 어디로? 어디로 갈 건데?"

갑작스러운 결정에 지금껏 심각한 아카드의 분위기를 살피느라 감히 끼어들지 못하고 물러서 있던 실리안이 질문했다.

"집."

아카드가 답했다.

그 대답에 이번엔 라그니스가 고개를 갸웃거렸다.

"그냥 집? 뭐 확인할 것 있다고 하지 않았어?"

라그니스의 물음에 아카드는 고개를 저었다.

"아니, 집으로 간다."

"왜?"

아카드의 눈에 냉혹한 빛이 떠올랐다.

그의 몸에서 잠들어 있었던 광폭함이 서서히 눈을 뜨고 있었다.

"이젠 확인할 필요가 없으니까."

그럴 이유도, 필요도 없다고 생각했다.

지체 높은 공작가의 영애가 한낱 상단의 말단 직원이 될 이유도, 남장을 할 이유도, 테디가 될 이유도.

하지만 착각이다.

아카드가 움직이면 듀랄이 움직인다. 아니, 모건 백작가 전체가 움직인다. 공작가 영애 하나를 한낱 상단의 직원으로 위장한 대가로 아카드를, 그리고 모건 백작가 전체를 제거할 수 있다면 그럴 이유와 필요는 충분했으니까.

아카드의 뇌리 속에 테디와 에레나의 모습과 기억이 하나로 합쳐졌다.

테디는 에레나다.

"이제부턴 수단과 방법을 가리지 않겠다. 내 사람을 다치게 한 자에게는 피에는 피로, 황금에는 황금으로 백배 더 되갚아 주겠다."

Chapter 5.
시작되는 음모

　무소불위의 절대 권력을 자랑하던 정보청 1국 건물이 활
활 불타오르고 있었다. 하루 만에 정보청 1국 건물이 불타
고 빠져나온 생존자가 없으니 그 소식에 놀라지 않은 사람
이 없었다.

　"중앙 귀족이라고 우릴 무시하더니 속이 시원합니다."

　"어허! 누가 들으면 어떻게 하려고 그러나."

　"누가 뭐라고 하겠습니까? 저렇게 다 불타올랐는데."

　화재가 난 건물 잔해에서 쓸 만한 자료들을 모으던 정보
청 2국 직원들이 서로 수군거리고 있었다. 매번 보이지 않
는 신분의 차별을 받아야 했던 그들은 이번 일을 시원하게

생각하고 있었다.

"쉿! 루시르 국장이 나타났다. 모두 흩어져."

저택 지구 방향에서 은빛 갑옷을 입은 기사단이 엄청난 속도로 달려왔다. 그들이 입은 갑옷의 가슴팍에는 클라우스 기사단을 상징하는 포효하는 사자가 음각으로 새겨져 있었다.

선두에 선 기사가 황급히 말에서 내려 투구를 벗었다. 얼마나 급하게 왔는지 투구를 벗자마자 금발의 머리카락에서 땀방울이 흩날렸다.

"국장님! 오셨습니까?"

화재 현장을 진두지휘하던 치안대 과장이 헐레벌떡 뛰어왔다. 붉게 상기된 얼굴로 나타난 금발의 사내는 정보청 1국 국장 루시르 폰 클라우스였다.

타타타타탁!

뒤따라온 기사들은 말에서 절도 있게 내리더니 화재 현장 주변을 포위하기 시작했다. 기사들은 일정하게 거리를 벌리며 한 명도 빠져나가지 못하게 진열을 갖추었다.

"생존자는? 범인은 밝혀냈나!"

치안대 과장이 보고를 하려고 하자 루시르는 그의 멱살을 잡고 흔들었다.

"그것이……!"

루시르 국장은 평소의 차분함을 잃고 흥분한 상태였다.

그는 부친인 클라우스 공작이 중태에 빠지고, 자신의 수족인 정보청마저 이 지경이 되자 제정신이 아니었다.

"지금 알아보고 있습니다. 아마 금방 소식을 알 수 있을 듯……."

1국장의 화난 모습을 처음 봤는지 치안대 과장은 허둥지둥대며 당황한 표정이다.

"들어가!"

"네?"

"직접 들어가란 말이다! 어떻게 해서든 내 부하들을 구해 오란 말이다!"

폭우가 쏟아지는 상황에도 아직까지 정보청 1국 건물의 불길은 잡히지 않고 있었다. 지금도 짙은 회색 연기가 거칠게 올라오는 상황이다.

"명령 거부인가?"

제국 최고 가문의 정예 기사들답게 뿜어내는 기도가 보통이 아니었다.

"이 자리에서 죽을 것이냐?"

"아, 아닙니다. 국장님. 지, 지금 가 보……."

그때 갑자기 저 멀리서 치안대원 하나가 소리쳤다.

"여기 생존자가 있습니다."

루시르는 치안과장의 몸을 밀어제치고 소리가 나는 곳으

로 달려갔다. 그의 뒤를 클라우스 기사단이 따라붙었다.

한 사내가 자신보다 덩치가 두 배는 큰 거구를 업고 연기를 뚫고 나오고 있었다. 그 사내는 루시르가 익히 잘 알고 있는 얼굴이었다.

"아카드. 네, 네놈이 어떻게?"

루시르가 자신의 허리에 있는 칼을 뽑았다.

그것을 신호로 이어지는 소리들.

챠챠챠챠챵!

클라우스 기사단원들이 일제히 자신의 무기를 뽑았다. 그들은 적개심 가득한 눈빛으로 아카드를 노려보고 있었다.

"아카드. 네놈 짓이냐!"

주변이 울려 퍼지는 노기 가득한 음성.

모두의 시선이 아카드에게 집중되었다.

"불구덩이에서 겨우 빠져나온 사람한테 그게 할 소린가? 이번에도 증거도 없이 가둘 건가?"

"어찌 네놈은 머리카락 하나 상하지 않았단 말이냐!"

화가 머리끝까지 치민 루시르가 다시 소리쳤다.

"고문실의 냉기 장치가 성능이 좋던데? 불덩이 속에서도 상처 하나 입지 않더군."

아카드가 비아냥거리며 루시르를 쳐다보았다.

"네놈이 지금 누굴 속이는 것이냐! 당장 방화죄 및 공무원 살인죄로 즉결 처분하겠다."

루시르가 자신의 검을 머리 위로 치켜들었다.

갑자기 주변이 술렁였다. 사람들 눈에는 제국 최고 가문의 후계자가 겨우 빠져나온 피해자를 죽이려 하는 것으로밖에 보이질 않았다.

"체포 영장은? 귀족을 감금할 수 있는 일주일이라는 시간이 지났을 텐데."

상황을 지켜보던 정보청 2국 직원들 몇 명이 다가왔다. 그들은 공문을 꺼내어 루시르 국장에게 내밀었다.

"국장님 안녕하십니까. 정보청 1국이 이 지경이니 저희가 이자를 목격자 신분으로 데려가겠습니다. 협조 부탁드리겠습니다."

"꺼져라. 이 일은 정보청 1국 소관이다."

루시르의 목소리가 주변을 뒤흔들었다. 뒤에 있던 기사들도 살벌한 눈빛으로 정보청 2국 직원들을 압박했다.

"내가 이런 말 하는 건 우습지만 상황이 이상하지 않아? 지금 상황을 보니 날 잡는 것이 우선순위가 아닌 것 같은데?"

아카드는 자신을 잡으러 온 정보청 직원들을 밀치고 앞으로 나갔다. 그러나 뒤에 있는 클라우스 기사단은 길목을 막았다.

"날 막을 텐가?"

루시르는 혼란스러웠다. 이성적으로는 의사당을 박살 내고 아버지를 쓰러지게 만든 모건 백작의 자식을 잡아야 했다.

하지만 불길한 예감이 루시르를 휘감았다.

자신이 도착하자마자 기다렸다는 듯 정보청 2국이 나선 것도 이상하고, 아버지가 소로스 은행장에게 자신의 후견인을 부탁했다는 것도 수상했다.

특히 소로스 은행장에게 후견인을 부탁했다는 것은 클라우스 공작이 깨어날 때까지 은행장이 공작 대행이라는 것을 의미한다.

'지나치게 공교롭다!'

다인 왕국에서 아카드와 에레나가 함께 있는 사진도 투서로 자신의 손에 들어왔다.

즉 출처가 불분명한 누군가가 자신에게 사진을 보낸 것이다.

시작은 거기서부터였다.

이후의 모든 것들이 톱니가 들어맞듯 아귀가 맞아 들어갔다.

이 과정에서 결론적으로 이득을 얻는 이는.

'이 모든 것이 소로스 은행장의 설계라면?'

모건 백작가와 클라우스 공작가는 물론, 정보청 1국도

아무런 이득을 얻지 못했다. 단 한 사람, 소로스 은행장만
이 모든 이득을 독식했다.

결과가 그랬다.

루시르는 갑자기 섬뜩한 기분이 들었다.

"루시르 국장. 어떻게 할 생각인가?"

"풀어 줘."

아카드의 질문에 루시르는 기사들에게 명령을 내렸다.

"역시 꽉 막히진 않았군."

"풀려났다고 너무 좋아하지 마라. 단지 우선순위가 바뀌
었을 뿐이다."

"명심하지."

정보청 2국 직원들이 항의를 했지만 클라우스 기사단은
꿈쩍도 하지 않았다. 직원들은 멍하니 아카드가 걸어가는
모습을 바라볼 수밖에 없었다.

*   *   *

듀랄을 업고 모건 백작의 저택에 도착한 아카드는 믿을
수 없는 광경을 목격했다. 절대 누구에게도 지지 않을 것이
라고 생각했던 아버지가 죽음의 경계선을 넘고 있는 지금
의 상황이 믿어지지 않았다.

아버지를 바라보는 아카드의 시야가 뿌옇게 변했다.

"어떻게 된 일입니까?"

침대에서 꿈틀거리는 모건 백작을 발견한 순간 아카드의 몸은 석상처럼 굳어 버렸다. 온몸이 시커멓게 변해 버린 아버지의 모습을 본 그는 충격에 빠져 버렸다.

"흑마법이네."

메디아 가문의 마법단장이자 의술사이기도 한 마리아드 총관이 침울한 표정으로 말했다. 독이라면 의술로 고치겠지만 흑마법은 교회의 성녀가 아니면 고치기 힘들다는 것이 정설이다.

성녀가 치료할 수 있는 것도 어떤 종류의 흑마법인지 알았을 때에나 가능하다. 지금처럼 흑마법을 금기시하는 시대에는 흑마법에 대해 잘 아는 전문가는 사라졌다고 봐야 했다.

솔직히 말해 지독한 흑마법이 모건 백작의 몸속에서 퍼져 나가는데도 죽지 않은 것은 기적이었다. 그의 몸속에 있는 강력한 마나가 시간을 벌어 주었기에 가능한 것이었다.

"자식아, 이 애비 죽지 않았다."

이미 흑마법이 전신에 퍼져 나가고 있어 숨을 쉬는 것조차 버거운 모건 백작이 몸을 일으키려고 한다.

모두 안타깝게 지켜보는 가운데 아카드가 얼른 다가가 모건 백작을 부축했다. 모건 백작은 고통스러운 와중에도 웃음을 흘렸다.

"두부는 먹었냐? 두부 먹어야 다시는 감옥 안 간다."

"본인 몸이나 신경 쓰시죠."

"난 백 살까지 끄떡없다. 이 녀석아."

온몸이 타들어 가고 참을 수 없는 고통이 들끓음에도 모건 백작은 전혀 티를 내지 않았다. 그는 주변을 바라보며 힘겹게 입을 열었다.

"총집사와 총관만 남고 다들 나가게."

"말씀대로 하겠습니다."

가신들은 걱정스러운 표정으로 바깥으로 나갔다. 가신들 앞에서 아무렇지 않다는 듯이 버티던 모건 백작의 입에서 검은 피가 터져 나온다.

"쉬셔야 합니다. 그렇지 않으면 위험합니다."

블라디우스 총집사가 만류했지만 모건 백작은 듣지 않았다.

"괜찮아. 나 튼튼하다는 거 네가 제일 잘 알잖아. 그런데 돌대가리 새끼는 어디 간 거야?"

"그 자식 정보청에 끌려갔다가 공자님께서 구해 오셨습니다. 몇 군데 다치기는 했는데 금방 털고 일어날 겁니다. 돌대가리 자식 회복력 하나는 끝내 주지 않습니까?"

"돌대가리 새끼는 꼭 필요할 때 안 보이더라고. 조만간

일대일로 참교육 좀 시켜야겠어. 하하…… 쿨럭!"

모건 백작의 농담에 웃는 사람은 아무도 없었다. 전부 안타까운 심정으로 제발 쉬었으면 하는 마음뿐이었다.

"내게 무슨 일이 생기더라도 뺀질이 네놈은 아무런 내색 없이 가신들을 이끌어. 해적질만 하던 새끼들 날뛰지 못하게 하는 게 자네 임무야. 특히 돌대가리 새끼 날뛰지 않게 감시 확실히 하란 말이야. 다음은 모기…… 쿨럭."

모건 백작은 마리아드 총관에게 당부한 뒤 블라디우스 총집사를 바라보다가 거칠게 기침을 한다. 그럴 때마다 검은 피가 나오는 양도 늘어난다. 그만큼 흑마법이 몸속에서 빠르게 퍼지고 있다는 증거였다. 이대로 시간이 흐르면 얼마나 최악으로 치달을지 알 수 없는 상황이다.

"모기, 네놈은 정보에 밝으니 내 새끼가 하는 일을 좀 도와주었으면 좋겠어."

"저는 마스터의 명령만 듣습니다."

"이 답답한 새끼야. 내가 죽으면 내 새끼가 대장이야. 그리고 네놈도 내 새끼 스승이잖아. 자식 대하는 마음으로 많이 도와줘."

"……."

"내가 믿는 거 알지?"

모건 백작이 단호하게 말했다.

그러나 점점 얼굴이 창백해지고 목소리가 점점 작아진다. 눈동자도 점점 흐릿해지고 자식 때문에 참고 있지만 몸도 점점 무거워진다.

하지만 모건 백작은 블라디우스 총집사에게서 눈을 떼지 않았다. 확실한 대답을 들어야겠다는 의지였다.

블라디우스 총집사는 힘겹게 입을 열었다.

"도와드리겠습니다. 누구의 아들인데. 하지만…… 저의 마스터는 모건 대장뿐입니다."

"이 새끼가! 해적질 때려치우고 백작 된 지가 언젠데 아직까지 대장이래."

모건 백작은 툴툴거리면서도 블라디우스의 어깨를 가볍게 두들겼다.

모건 백작은 마지막으로 아카드에게 고개를 돌렸다. 자식을 바라보는 그의 눈빛에는 믿음이 가득했다.

한참을 바라보던 모건 백작이 힘겹게 입을 열었다.

"아들아. 지금부터는 너의 세상이다. 애비 눈치 보지 말고 훨훨 날아오르도록 하여라."

모건 백작은 얼굴에 미소를 띤 채로 눈을 감았다.

* * *

클라우스 공작의 의식불명부터 정보청 1국 건물 화재로 인한 직원들의 몰살까지, 노틸러스 제국에 커다란 악재가 연이어 터져 버렸다.

더군다나 모든 사건을 일으킨 것으로 추정되는 용의자가 한 가문의 부자라는 사실은 제국의 시민들에게 커다란 충격을 안겨 주었다.

제국의 신문사들에서는 황실에서 메디아 가문을 역적으로 선포하고 전원 교수형에 처할 것이라는 소문들이 흘러나오고 있었다.

바깥 상황이 급박하게 돌아가는 가운데 제국에서 가장 명망이 깊은 저택에 의술사들이 바쁘게 움직이고 있었다. 제국을 지탱하는 세 기둥 중 클라우스 공작은 의식불명 상태고 소로스 은행장은 겨우 깨어났다.

클라우스 저택의 귀빈실 침대에 온몸에 붕대를 칭칭 감은 소로스 은행장이 누워 있었다.

항상 웃는 표정으로 유명한 소로스 은행장의 얼굴이 딱딱하게 굳어 있었다. 방금 수하 하나가 은밀하게 정보청 1국 앞에서의 일을 보고하고 간 것이다.

루시르가 아카드를 풀어 줬다는 사실에 충격을 먹은 듯했다.

'과연 새끼 사자도 사자란 말인가? 함정은 완벽했는데.'

아카드가 다인 왕국을 방문했다는 스탠 상단의 보고를 들자마자 은행장은 두 가지 일을 한꺼번에 처리하기로 마음먹었다.

첫 번째는 사사건건 제국은행의 방침에 반기를 드는 아카드와 메디아 가문을 밟아 버리는 것이다.

두 번째는 화폐 실명제를 통과시키기 위해 클라우스 공작을 꼭두각시로 만드는 것이다.

소로스 은행장은 이 두 가지 일을 동시에 처리하기 위해 다인 왕국에서 아카드와 에레나가 함께 있는 사진을 정보청 1국에 투서 형식으로 보냈다. 루시르 손을 이용하여 아카드를 처리할 생각이었다.

동시에 자신과 마찬가지로 메디아 가문을 눈엣가시처럼 여기는 클라우스 공작에게 미끼를 던져 독대를 이끌어 냈다. 그러고는 그 자리에서 공작에게 정신 지배라는 흑마법을 걸어 자신의 꼭두각시로 만들었다.

은행장은 거기서 멈추지 않고 자신의 꼭두각시가 된 공작에게 자신을 후견인으로 한다는 유언장을 쓰게 만들었다. 그 후에 공작을 조종해 원로원 회의에 아카드를 처벌하기 위한 의제를 주요 안건으로 상정하도록 하였다.

역시 예상대로 모건 백작은 의사당으로 쳐들어왔고, 자신의 계획대로 마력탄에 깊은 상처를 입은 채 회의실 안으로 들어왔다.

거기까지는 계획대로였다.

'망할 모건 백작이 거기서 눈치챌 줄이야!'

분노한 모건 백작이 클라우스 공작을 죽이려는 순간, 방심한 틈을 노려 그의 몸에 가장 강력한 흑마법을 쑤셔 넣을 생각이었다.

그런데 모건 백작이 소로스 은행장이 흑마법을 시전하는 것을 눈치채고는 검의 방향을 바꾼 것이다. 다급해진 소로스 은행장은 클라우스 공작을 방패 삼아 모건 백작의 가슴에 흑마법을 맞추는 데에는 성공했다.

그 대가로 은행장은 죽을 뻔했다. 공작의 몸을 관통한 검이 은행장의 심장을 향해 깊숙이 박혀 버린 것이다.

은행장에게는 다행스럽게도 모건 백작의 검은 심장을 살짝 비켜 갔다. 회의장으로 들어오기 전에 마력탄으로 깊은 상처를 입은 데다가 공작의 몸을 뚫고 지나가느라 방향이 살짝 틀어진 것이다.

"죽이길 다행이군. 가만히 뒀으면 우리 일에 엄청난 방해 거리가 됐을 거야. 아카드가 풀려난 건 의외지만 가문까지 역적으로 몰린 마당에 재기는 불가능할 테고. 문제는 새끼 사자가 어디까지 눈치챘느냐인데……."

소로스 은행장의 머리가 끊임없이 회전을 하며 수많은

변수에 대한 대응책을 생각하고 있었다. 하지만 확실한 것은 아무것도 없었다.

루시르에게까지 신경 쓸 여력이 없었다. 그러다 보니 그에 대한 정보가 너무 적었다.

그때 중앙 귀족들이 소식을 듣고 소로스 은행장이 누워 있는 방에 방문했다.

"정말 큰일 하셨소. 공작님을 구해 내셨다면서요."

"은행장님이 아니었으면 제국의 기둥이 무너질 뻔했소이다. 정말 고맙소."

의사당에서 제일 먼저 도망쳤던 자들이 뻔뻔하게도 공작의 중상 소식에 제일 먼저 달려왔다. 그들은 입으로는 감사를 표했지만 대부분이 수상한 눈빛으로 은행장을 살펴보고 있었다.

클라우스 공작의 평소 성정을 생각하면 은행장을 가문의 후견인으로 삼았다는 사실을 믿을 수가 없었다. 당장에라도 은행장에게 물어보고 싶었지만 보는 눈도 많거니와 큰 실례였다.

어쨌거나 은행장은 역적의 손에서 총리대신을 구한 영웅이었기 때문이다.

귀족들은 과연 은행장이 어떤 행보를 보여 줄 것인가에 촉각을 기울이고 있었다. 자신들의 가문에 어떤 손익을 끼칠지 머릿속으로 바쁘게 계산기를 두들겨야 했으니까.

*　　*　　*

인적이 없는 복도.

황실을 방불케 하는 화려함과 웅장함이 복도 곳곳에 묻어났다. 크리스털 수백 개가 달린 샹들리에 아래에 깔린 붉은 카펫과 양쪽으로 마주 보고 있는 방문들은 집의 규모가 얼마나 큰지 짐작케 했다.

마주 보고 있는 방들 중 제일 안쪽에 있는 방문이 빼꼼히 열리며 초록색 눈망울이 불쑥 튀어나왔다. 너무나 사랑스러운 눈망울을 가진 누군가는 사방을 두리번거리더니 아무도 없다는 것을 확인하고는 조용히 문을 닫았다.

'기사들이 다 어디 갔지?'

자신의 방을 철통같이 지키던 기사들이 없었다. 그녀는 집안에 엄청난 사건이 일어나 기사들이 거기로 몰려간 것을 모르고 있었다.

그녀는 자신을 감시하는 눈이 사라졌다는 생각에 회심의 미소를 지으며 침대 밑에서 무언가를 꺼냈다. 하녀들 몰래 커튼 조각을 이어서 만든 밧줄이었다.

'오늘이 절호의 기회야.'

바깥 경비가 허술하고 오빠가 없는 지금이 이 집을 탈출할 수 있는 유일한 기회였다. 그녀의 방은 이 저택에서 가장 전망이 좋은 3층이다. 오빠인 루시르가 직접 지정해 준 방이었다.

하지만 이 순간만은 전망 좋은 3층이 원망스러웠다. 미리 준비한 밧줄을 창문 밖으로 늘어뜨리기는 했지만 다리가 떨려 도저히 내려갈 엄두가 나지 않았다.

'미치겠네. 도저히 내려갈 수가 없어.'

그녀는 그 자리에서 주저앉고 말았다. 온몸이 천근만근처럼 무겁게 느껴졌다. 하지만 그녀는 주먹을 불끈 쥐며 결심했다.

'에레나, 일어서야 해. 이대로 있다가는 아카드 군의 오해만 더 커질 거라구!'

에레나의 초록색 눈동자에 단호한 의지가 엿보였다. 다른 사람들에게는 미안하지만 어쩔 수 없는 선택이다. 그녀는 벌떡 일어나 자신의 옷장을 향해 달려갔다.

최대한 충격을 완화하기 위해 옷을 겹겹이 껴입은 그녀는 밖으로 늘어뜨린 밧줄을 움켜쥐었다. 창을 넘어 발코니 난간에 서자 세찬 바람이 그녀의 몸을 휘감았다. 겨우 진정시켰던 다리가 다시 떨리기 시작했다.

"에레나, 넌 할 수 있어. 여기서 멈추면 지는 거야."

에레나는 스스로에게 굳게 다짐을 해 보지만 벌써부터 몸이 힘겨워진다. 그녀는 몇 번이나 주춤거렸지만 탈출해야겠다는 일념 하나로 천천히 줄을 붙잡고 내려가기 시작했다.

에레나의 표정은 필사적이었다. 젖 먹던 힘까지 짜내어 조금씩 내려가던 그녀의 얼굴이 갑자기 창백해졌다. 생각보다 줄이 짧았던 것이다.

몸은 점점 무거워지고 머리는 현기증이 났다. 탈출한다는 긴장 때문에 밥을 제대로 먹지 않은 탓이다.

에레나는 힘겹게 고개를 돌려 아래를 내려다보았다. 아직까지 한 층 정도의 높이가 남아 있는 듯했다. 손가락에서 힘은 점점 빠지고 더 이상 버틸 힘도 없었다.

에레나는 두 눈을 질끈 감고는 밧줄을 잡고 있던 손을 풀어 버렸다.

어라? 이상하네? 분명히 엄청난 통증이 밀려와야 하는데, 왜 아무렇지도 않지?

눈을 살며시 뜨자 자신의 몸이 바닥에서 살짝 떠 있었다. 도대체 무슨 일인가 싶어 주변을 둘러보니 익숙한 얼굴들이 에레나를 내려다보고 있었다.

"너 뭐하냐? 얘가 사랑의 도피를 경험하더니 완전 맛이 갔는데?"

"어머, 어머. 이런 과격한 행동은 에레나답지 않은 모습이에요."

"흠. 간만에 마법 썼더니 졸려. 케리, 팔베개해 줘."

공중에 떠 있는 에레나를 안나, 케리, 제이나가 한심한 표정으로 내려다보고 있었다.

*　　　*　　　*

에레나의 머릿속이 하얗게 되었다.

친구들이 하루 사이에 일어난 사건을 이야기하는 동안 자신의 입이 벌어진 것도 인식하지 못할 정도였다.

"어, 어떻게……?"

"이래서 어른들이 외모만 보고는 판단할 수 없다고 말씀하시나 봅니다. 어떻게 부자간에 그런 끔찍한 일을 벌일 수가 있을까요."

케리의 말이 끝나기가 무섭게 에레나가 벌떡 일어났다.

"야! 어디 가려고?"

"아카드 군을 만나 직접 확인해야겠어. 전부 나 때문에 일어난 일이잖아."

"얘가 미쳤어! 아카드 군이 어디 있는지 알고 찾겠다는 거야! 백작의 저택은 물론이고 상단까지 치안대가 쫙 깔렸는데 무슨 수로? 헛수고하지 말고 앉아."

밖으로 나가려는 에레나를 안나가 강제로 앉혔다. 하지만 에레나는 이대로 있을 수 없었다. 친구들이 아카드라는 이름을 입에 올릴 때마다 송곳으로 찌르는 것처럼 아파온다.

"다 말할 거야. 전부 나 때문에 벌어진 일이라고. 그러니까 말리지 마."

"이 멍청아! 아직도 모르겠어? 네가 밝힌다고 수습될 일이 아니라니까?"

"안나 양 말을 들어야 해요. 벌써 왕실에서도 메디아 가문의 작위 박탈은 당연시되는 분위기고, 반역죄를 적용할지에 대해 논의 중이랍니다. 지금 에레나 양이 나서 봤자 귀족으로서의 품위만 손상될 뿐이에요."

"귀족의 품위 따윈 상관없어. 더 이상 날 아껴 주는 사람들에게 피해를 끼치기 싫어!"

에레나가 힘없이 주저앉아 고개를 숙였다. 커다란 눈동자에서 굵은 물방울이 뚝뚝 떨어졌다. 그 모습을 지켜보던 안나가 천천히 다가가 에레나의 얼굴을 양손으로 잡았다.

"이 바보야. 넌 누구에게도 피해를 준 적이 없어. 다들 그 사람들의 운명이었을 뿐이야."

"아니야. 내 주변에 있는 사람들은 항상 나 때문에 피해를 입었어. 엄마도 나 때문에 죽었고 상단 사람들은 나 때문에 직장을 잃었어. 그리고 아카드 군도 나 때문에……."

자신이 아끼는 친구가 대성통곡을 하자 케리와 안나의 눈에서도 눈물이 떨어졌다. 에레나의 과거를 알고 있는 안나는 에레나를 껴안고 펑펑 울었다.

"왜 다들 품위 없이 우는 거야. 나까지 슬퍼지잖아. 훌쩍."

에레나에 대해서 잘 모르는 케리마저 방 안에 흐르는 감정에 동화되었는지 손수건으로 눈을 훔치며 훌쩍였다.

"우리 예쁜이 얼굴 다 붓겠다. 그만 울고 고개 들어 봐."

"……."

"우리가 도와줄 수 있는 건 도와줄게. 그러니까 울지 마."

에레나가 코를 훌쩍이며 고개를 들었다. 그녀는 케리와 꾸벅꾸벅 졸고 있는 제이나를 향해 고개를 돌렸다.

"너희도 도와줄 거야?"

"저요? 저는…… 계획을 들어 보고……."

핑크색 레이스 손수건으로 눈물을 훔치던 케리가 눈을 동그랗게 떴다. 생각지도 못한 질문에 당황한 것이다.

"흠. 나는 에레나를 도울 거야. 당연히 케리도 함께해야지. 케리가 없으면 무릎베개해 줄 사람이 없잖아."

케리의 무릎에서 졸고 있던 제이나가 잠꼬대하듯이 중얼거렸다. 케리는 어이가 없다는 듯이 자신의 무릎에 누워 있는 제이나의 머리를 흔들며 소리쳤다.

"뭐라고욧! 친구라고 생각해서 참아 줬더니 베개라니욧!

당장 내 무릎에서 꺼져요!"

"머리 흔들린다. 케리, 움직이지 마."

"야! 시끄러워. 에레나를 도와주기 싫은 사람은 당장 여기서 다 나가!"

안나까지 가세하면서 이 사람들이 방금 전 펑펑 울던 사람들이 맞나 싶을 정도였다. 아옹다옹 다투는 친구들의 모습에 에레나 얼굴에도 조금씩 미소가 피어오르고 있었다.

"자자자! 조용들 해 봐. 이 방에서 나간 사람은 없으니 다들 에레나를 돕는 걸로 약속한 거다. 에레나."

기사학부 여학생 랭킹 1위답게 안나가 나서서 상황을 정리했다. 다행스럽게도 케리와 제이나도 고개를 끄덕이며 도와주겠다는 의사를 확실히 했다.

"우리가 할 수 있는 일이 있을지 모르겠지만, 힘닿는 데까지 도와줄게. 지금부터 우리가 뭘 하면 되는데?"

안나의 질문에 에레나는 숨을 깊게 들이마셨다. 그러고는 생각을 정리했는지 그녀의 붉은 입술이 천천히 올라갔다.

"작전명은 '아카드와 상단 사람들 구하기'로 정했어."

에레나의 황당한 작전에 세 친구들은 눈이 점점 커지고 있었다.

*   *   *

제국의 수도 그라프에서 한 시간 떨어진 거리에 위치한 폐쇄된 항구 근처.

어둑어둑한 땅거미가 점점 길어지고 있음에도 주변에는 인기척 하나 보이질 않았다. 이때쯤이면 슬슬 나타날 불량배나 노숙자들은 물론이고 들개 한 마리도 보이질 않았다.

하지만 항구와 붙어 있는 낡은 창고 안에는 긴장감이 감돌고 있었다. 귀족 가문의 가신에서 수배자로 전락한 메디아 가문의 사람들이 곧 있으면 도착할 배를 기다리며 신경이 곤두서 있었다.

창고 안에는 4대 가신들과 나머지 가신들이 모두 모여 있는 가운데, 보여야 할 후계자의 모습이 보이지 않았다.

"며칠째 저러고 계시니 걱정이네. 음식도 드시지 않는다지? 모기야, 내가 올라가 볼까?"

"그냥 놔두시게. 마음을 가라앉히려고 저러시는 걸세."

마리아드 총관과 블라디우스 총집사는 창고 2층을 바라보며 걱정스러운 표정을 지었다.

아카드는 며칠째 창고 2층에서 한 발자국도 나오지 않았다. 하루 종일 눈을 감고 앉아 긴 명상에만 빠져 있었다. 하지만 아무도 그를 건드리는 사람은 없었다.

아카드가 이렇게 자신만의 세계에 빠져든 것은 아버지

모건 때문이었다. 병의 원인이 흑마법이라는 것을 안 이상 아버지를 치료하기 위해서는 정령들의 도움이 필요했다.

아카드는 이곳에 도착하자마자 정신의 방에 들어가 실리안과 라그니스에게 조언을 구했다. 벌써 며칠째 정령들과 긴 씨름을 하고 있었다.

"마스터. 우길 걸 우겨야지."

"대장. 정령 소환은 하고 싶다고 되는 게 아니다."

정령들은 모건 백작을 치료하기 위해서는 흑마법에 정통한 성녀에게 치료를 받거나, 물의 정령을 소환하는 수밖에 없다는 결론을 내렸다. 그때부터였을 것이다.

"왜 물의 정령은 소환할 수 없다는 거지?"

아카드는 실리안과 라그니스에게 물의 정령을 소환할 수 있는 방법을 내놓으라고 종용했다. 정령들은 어이없는 눈빛으로 쳐다보았지만 아카드는 막무가내였다.

"정령을 소환할 수 있는 원리가 있을 거 아냐. 평소에 둘 다 그렇게 자기자랑을 하더니 간단한 것도 몰라?"

"마스터 심정은 알겠는데 이건 경우가 아니지. 막말로 때린 놈한테 때린 이유를 물어야지, 맞은 놈한테 이유를 물으면 얼마나 억울하겠어."

"그래! 우리가 딱 그 심정이다."

아카드는 정령들에게 해답을 찾지 못하고 삼 일 동안 혼자만의 생각에 잠겼다. 그런 그를 블라디우스가 지켰다.

마침내 배가 도착했다.

가문의 영지에 숨겨 두었던 해적선이 해군들의 감시를 피해 이곳까지 무사히 도착한 것이다.

영원히 뜨지 않을 것만 같았던 아카드의 눈꺼풀이 서서히 올라갔다. 며칠 동안 잠도 자지 않고 아무것도 먹지 않은 상태였지만 괜찮아 보였다.

아카드는 맞은편에 앉아 있는 블라디우스 총집사와 마리아드 총관을 바라봤다.

사건이 일어난 지 며칠 되지 않았지만 두 사람의 모습은 꽤 수척해져 있었다.

"매지슨이 보낸 물건은 어떻습니까?"

"얼음 박스라는 물건 신기하더군요. 마스터께서 그 속으로 들어가시자마자 얼어 버리셨습니다."

모건 백작이 쓰러진 이후 그를 회복시키기 위해 흑마법에 정통한 자를 수소문했다. 하지만 역시나 흑마법에 대해 박식한 자들은 존재하지 않았다.

결국 확실하게 회복할 수 있는 방법을 발견할 때까지 모건 백작의 신체를 냉각시켜 신체 활동을 정지시키자는 의견이 나왔다. 모건 백작을 위해 A&M 투자상단에서 활발하게 진행 중이던 얼음 냉장고를 관처럼 만들었다.

"아버지는 어떠셨습니까?"

"마법 냉동고에 들어가기 전까지 편안한 모습이셨습니다. 백작님께서 마지막으로 남기신 말이 있습니다."

블라디우스가 조심스럽게 아카드의 눈치를 보며 말을 전했다.

"뭡니까?"

"믿는다는 말씀을 남기셨습니다."

헛웃음을 지으며 아카드의 입꼬리가 살짝 올라갔다. 가신들은 그 모습을 보며 안심이 되었다.

"또 뭐 할 말이 있습니까?"

블라디우스가 무안한지 헛기침을 하면서도 속내를 감추지 않았다.

"흠흠! 앞으로 어떻게 하실 생각이십니까?"

아카드는 삼 일간 생각했던 것을 숨기지 않고 밝혔다.

"일단 가신분들은 배를 타고 윌슨 왕국으로 피신하십시오. 제 직원 중 하나가 윌슨 왕국에 있습니다. 토마스를 통해 미리 연락을 해 두었으니 적당한 영지 하나를 인수해 두었을 겁니다. 거기서 제가 갈 때까지 기다리십시오."

"도련님은 어떻게 하시려고요?"

"제국에서 제가 할 일이 남았습니다."

아카드의 말에 블라디우스는 물론이고 마리아드 총관의

얼굴도 창백해졌다.

"혼자서는 안 됩니다. 제가 남겠습니다."

블라디우스는 결연한 표정으로 아카드를 쳐다봤다.

"아버지 말씀을 벌써 잊으신 겁니까? 윌슨 왕국에서 기다리십시오."

"지금 사방에 백작님과 도련님 얼굴이 쫙 깔려 있습니다. 차라리 제게 명령을 내리십시오. 제 얼굴은 아는 사람이 없으니 부리시기에 편할 겁니다."

아카드는 고개를 흔들었다. 그는 블라디우스의 말을 막으며 자신의 의견을 밝혔다.

"제가 직접 갚아야 할 빚도 있고, 만나야 할 사람도 있습니다. 그러니 두 분은 가신들이 돌발 행동을 하지 않게 잘 보살펴 주십시오."

아카드는 거기서 선을 그어 버렸다. 더 이상의 말은 듣지 않겠다는 표시였다.

"좋습니다. 대신 이야기나 좀 들어 봅시다. 도대체 무슨 일을 하시려고 하는 겁니까?"

가만히 듣고 있던 마리아드 총관이 답답하다는 표정으로 아카드에게 물었다.

"상인이 자기 것 뺏기고 그냥 물러서는 거 봤습니까? 상대에게 받은 것이 있으니 우리도 돌려줘야지요."

"설마 제국은행과 클라우스 공작에게 복수하시려는 생각은 아니시죠? 그렇다면 도련님께 실망입니다."

아카드는 과장된 마리아드 총관의 행동에 피식 웃으며 말을 이었다.

"그 정도로 어리석지는 않지요."

그러나 아직 아카드의 말이 모두 끝난 것은 아니다.

"대신 잊지 못할 한 방 정도는 먹여야 아버지께서 좋아하시지 않겠습니까?"

"하, 한 방이시라면?"

당황한 마리아드 총관의 물음에 아카드는 차가운 웃음을 머금었다.

"화폐 실명제."

＊　　　＊　　　＊

"지금 무슨 소리를 하고 있는 겁니까? 화폐 실명제를 통과시키자니요."

"이 사람이 각하의 후견인이 되었다고 눈에 보이는 것이 없구먼!"

"난 이만 일어나겠소!"

제국은행 은행장실.

소로스 은행장과 원로원 의원 자격이 있는 중앙 귀족들이 한 자리에 모였다. 대부분 제국에서 내로라하는 가문의 수장들이었다.

소로스 은행장은 원로원 의장의 후견인 자격으로 그들을 한자리에 모이도록 만들었다. 중앙 귀족들은 일개 은행장에게 호출받는 것이 자존심 상했지만 어쩔 수 없이 모였다.

중앙 귀족들이 다 모인 자리에서 소로스 은행장이 그동안 줄곧 원로원 의원들에게 거부되어 왔던 화폐 실명제를 꺼내든 것이 아닌가. 대부분의 원로원 의원들은 자리를 박차며 소로스 은행장에게 손가락질했다.

'탐욕스러운 돼지 새끼들.'

소로스 은행장은 귀족들을 바라보며 속으로 비웃었다. 하지만 겉으로는 온화한 표정으로 그들에게 질문을 던졌다.

"제가 잘 몰라서 그러는데, 반대하시는 이유라도 있으십니까?"

"은행장쯤 되시는 분이 정말 몰라서 그럽니까? 화폐 실명제를 하면 제국의 경제가 혼란에 빠질까 봐 반대하는 거 아니겠소."

재무대신인 골드만 백작이 비아냥거리며 소리쳤다. 그러자 다른 귀족들도 일제히 불만을 터트렸다.

"자자, 진정들 하시고. 여기 계신 분들의 대부분이 제국의 경제 때문에 걱정하시는 거군요. 맞습니까."

"당연하지 않소! 지금 이민자들 중에서도 시민증을 받지
못해 하루 벌어 하루 먹고사는 사람들이 대다수요. 그들이
겨우 한 푼씩 모아 저축했는데, 그 돈을 신분증이 없다는
이유만으로 찾지 못한다면 얼마나 실의에 빠지겠소?"

귀족들은 아무 상관도 없는 시민들을 들먹이며 결사반대
를 외쳤다. 귀족 대부분이 가족 이름은 물론이고 영지민들
이름까지 팔아 가며 비자금을 분산시켜 놓은 상태라 화폐
실명제라는 말만 들어도 과민 반응을 보였다.

갑자기 소로스 은행장이 귀족들을 제외한 경비들을 향해
고개를 살짝 흔들었다.

"다들 나가서 일 봐."

기사들이 다 나가고 은행장실에는 소로스와 귀족들만이
남아 있었다. 모든 귀족이 소로스 은행장이 무슨 말을 할까
귀를 기울였다.

"여러분들, 우리 이제 한 식구 아니겠습니까? 공작님께서
저에게 후견인을 맡아 달라고 한 배경에는 가문을 지켜 달라
는 의미도 있겠지만, 더 깊숙이 들어가면 여기 계신 의원분
들의 이익에도 좀 더 신경 쓰라는 뜻이 있지 않겠습니까?"

소로스 은행장의 일장 연설이 시작되었다. 그의 입에서
나온 말들은 얼마나 매끄러운지 뱀처럼 귀족들의 몸을 감

싸며 관심을 이끌어내고 있었다.

처음에는 들은 체도 하지 않았던 귀족들이 점점 소로스 은행장의 말에 귀를 기울이며 자신도 모르게 고개를 끄덕이고 있었다.

'다루기 쉬워 좋군.'

소로스 은행장은 사람의 환심을 사는 매혹 마법을 귀족들에게 펼쳤다. 그의 눈과 마주친 귀족들은 자신도 모르게 이야기에 빠져들고 있었다.

"결국 제가 화폐 실명제를 주장하는 이유는 여기 계신 원로원 의원들께 강력한 힘을 나눠드리기 위해서입니다."

"그게 무슨 소리요."

"화폐 실명제를 실시하면 어떻게 되겠습니까? 황실은 물론이고 하찮은 시민들까지 피해를 볼 게 아닙니까? 이건 곧 기회입니다. 강력했던 귀족의 시대로 되돌아갈 수 있는 큰 기회가 될 거란 말입니다."

귀족들은 은행장의 말에 동의하면서도 선뜻 찬성을 보낼 수는 없었다. 황실도 피해를 입겠지만 자신들도 엄청난 피해를 입게 된다.

그 점이 귀족들이 은행장의 말에는 동의하지만 찬성하지 못하는 걸림돌이었다.

"물론 여러분들도 알게 모르게 차명으로 저희 은행에 재산을 맡겨 두신 거 잘 알고 있습니다. 그래서 제가 여러분들을 위해 선물을 준비했지요."

제국은행장이 손바닥을 치자 한 사내가 들어왔다. 그 사내는 미리 준비한 종이들을 귀족들에게 하나씩 나눠 주고는 은행장 옆자리에 섰다.

"제 옆에 있는 청년은 밀튼이라는 아주 똑똑한 청년이지요. 여기 계신 의원들께 설명해드리시게."

20대 후반의 청년은 원로원 의원들에게 정중하게 고개를 숙이고는 상냥한 어투로 인사를 건넸다.

"제국은행 기획팀장 밀튼이라고 합니다. 은행장님이 귀족 분들에게 엄청난 수익을 안길 상품을 만들라고 해서 며칠 밤을 새웠습니다. 그러니 부족하더라도 너그러이 제 말을 들어 주셨으면 합니다."

밀튼은 자신이 준비한 기획서를 읽어 내려가기 시작했다. 처음에는 지루해하던 귀족들의 눈이 서서히 탐욕에 물들기 시작한 것은 밀튼의 한 마디 때문이다.

"뭐라고? 1년에 이자가 50%나 된다는 말인가?"

"그렇습니다. 단, 자격은 원로원 의원분들에 한해서 신청을 받으며, 1차 신청자에 한해서만 연수익 50%를 보장해드립니다."

귀족들의 눈이 뒤집혔다. 가뜩이나 화폐 실명제가 시범

적으로 시행되는 바람에 돈이 묶여 버린 그들 입장에서는 귀가 번쩍 뜨일 만한 소식이었다.

"뭔가 이상하지 않은가? 어떻게 그런 수익이 나올 수가 있지?"

재무대신 골드만 백작이 의심스러운 눈빛으로 질문을 던졌다. 그의 상식으로는 확정 수익이 50%라는 말이 믿어지지 않았기 때문이다.

"화폐 실명제 때문에 가능한 일이지요. 화폐 실명제가 실시되면 차명 계좌로 등록된 돈들이 넘쳐나게 될 겁니다. 당연히 시중에는 돈이 묶여 버리니 화폐가치는 올라가게 되겠지요."

"그렇겠지."

"화폐가치가 올라가면 물가는 어떻게 되겠습니까?"

"당연히 내려가겠지."

"주인 없는 돈으로 폭락한 물건 때문에 파산한 시민들의 상점과 토지들을 구매하게 될 겁니다. 이 과정에서 막대한 돈이 시중에 풀리겠지요. 그럼 물가가 어떻게 될까요?"

귀족 중 하나가 자신의 무릎을 치며 소리쳤다.

"오호라. 그럼 상점과 토지 가격이 폭등하겠군. 정말 기발한 생각이야."

"또 한 가지 더!"

밀튼은 손가락 하나를 펴서 귀족들의 시선을 사로잡은 후 입을 열었다.

"저희가 개발한 이 금융 상품은 2차, 3차로 황실과 시민들에게도 풀 예정입니다. 이 사업은 막대한 돈이 들어가니까요."

"무슨 소리를 하는 거야! 그걸 왜 다른 사람한테 풀어! 우리 먹을 것도 없는데."

귀족들의 탐욕이 곳곳에서 드러났다. 자신들만 높은 수익을 독차지할 줄 알았는데 황실과 시민들에게까지 판매한다고 하자 밀튼을 향해 강한 질책들이 쏟아져 나왔다.

"여러분들이 오해하셨나 보네요. 이 상품의 핵심은 얼마나 많은 사람들이 가입하느냐에 달렸습니다. 가입한 사람이 많을수록 그들의 수익까지 여러분들이 독차지하게 될 것이기 때문입니다."

"그게 무슨 말인가? 수익에 차등을 두겠다는 소린가?"

"당연하지 않겠습니까? 먼저 투자한 사람과 나중에 투자한 사람이 같을 수는 없지 않겠습니까. 그리고 한 가지 더!"

의원들의 시선은 밀튼의 입에 집중되었다. 처음 이 방에 들어왔을 때의 불만 어린 표정은 사라지고 한 마디라도 놓칠까 봐 집중하고 있었다.

"투자자를 한 분씩 더 데려올 때마다, 데려온 사람의 수익에서 10%씩 더 돌려드리겠습니다."

"그렇게 되면 돈 많은 투자자를 데려올 때마다 엄청난 돈을 거머쥐겠군."

"정확히 이해하셨습니다."

밀튼의 말이 끝나자마자 은행장실 곳곳에서 탄성이 터져 나왔다. 한 귀족이 다짜고짜 일어나 밀튼을 향해 질문을 던졌다.

"정말인가! 그 말을 보증할 수 있나?"

"당연히 제국은행에서 작성한 계약서 조항에 포함될 예정입니다. 자세한 이야기는 여기 계신 은행장님에게 여쭤보시고 저는 이만 물러가도록 하겠습니다."

짝짝짝짝짝!

밀튼의 말이 끝나기가 무섭게 우레와 같은 박수 소리가 터져 나왔다. 밀튼이 문을 열고 은행장실을 벗어나려고 할 때 뒤에서 한 귀족의 목소리가 들렸다.

"이런 금융 상품은 처음 보는데 혹시 정해진 이름이라도 있나?"

밀튼은 잠시 발걸음을 멈추고는 한마디를 남기고 사라졌다.

"이름을 정하진 않았지만 기획팀에서는 이 상품을 다단계 투자라고 부르고 있습니다."

                    *   *   *

　어느 도시에든 번화가와 번화가 사이에는 대부분의 사람들이 잘 다니지 않는 변두리가 존재한다. 햇볕도 잘 들어오지 않고 사람들의 왕래도 없어 주변 건물들의 임대료는 저렴하다.

　평범한 사람들이 생각하기에 '저런 곳에 손님이 올까?' 싶겠지만 의외로 찾는 사람이 많았다. 단지 이런 상점을 방문하는 고객들의 대부분은 극소수의 별난 취미를 가지고 있을 뿐이다.

　한 사내가 주변을 살피며 뭔가를 찾더니 간판도 없고 빨간 손수건이 날리는 상점을 발견하고 눈을 반짝였다. 자신이 찜한 상점에 사람들이 줄 서 있다는 것이 마음에 걸렸지만 사내는 그들을 외면하고 은근슬쩍 상점에 들어가려고 했다.

　"어이! 지금 새치기하는 거야?"

　"죽고 싶어? 누구는 시간이 남아돌아서 줄 서 있는 줄 아나. 퉤엣!"

　줄 서 있던 사람들이 험상궂은 얼굴로 새치기하려는 사내에게 폭언을 퍼부어 댔다. 결국 그 사내는 사람들의 적대적인 눈총을 받으며 슬그머니 제일 뒷줄로 밀려나야 했다.

"아이고! 저희 서점을 찾아 주신 고객님께 사과의 말씀을 드려야겠습니다. 한정판으로 들어왔던 '응답하라. 내 첫사랑'이 마감되었습니다."

상점 주인으로 보이는 동그란 안경을 낀 귀여운 청년의 말에 몇 시간 동안 줄 서 있던 사람들이 따지기 시작했다.

"세 시간 동안 기다렸다고!"

"물량이 부족하면 미리 말을 해야 할 거 아니야! 사람 엿 먹이는 거야?"

특히 바로 앞에서 책이 사라진 것을 목격한 몇몇 사람들은 청년에게 다가가 멱살이라도 쥘 기세다.

"자자자, 진정들 하시고. 그래서 여러분들을 위해 준비한 것이 있습니다."

청년은 작은 종이가 쥐어져 있는 오른쪽 손을 들어 사람들에게 흔들어 보였다. 성난 사람들의 눈이 청년의 손을 따라 움직였다.

"항상 저희 상점을 이용해 주시고 아껴 주시는 고객들을 위해 대기표를 준비했습니다. 이 대기표를 가져오시는 분들께는 다음 추가 물량이 들어왔을 때 우선적으로 판매하겠습니다."

"그럼 다음에 왔을 때는 기다릴 필요 없이 바로 구매할 수 있는 거야?"

"오! 주인장 머리 좋은데? 좋았어. 얼른 대기표인지 뭔지 하는 종이 쪼가리 달라고."

청년이 나눠 준 대기표 하나에 성난 고객들은 어느새 순한 양이 되었다. 청년이 만족한 표정으로 손을 털고 가게 안으로 들어가려고 할 때 누군가의 목소리가 들렸다.

"천직을 만났군. 상단 하지 말고 차라리 이 길로 쭉 나서지 그러나?"

청년이 뒤를 돌아보니 어둠의 거리라 부르는 이곳과 너무도 잘 어울리는 미남자가 서 있었다. 검은 슈트에 칠흑과 같은 머리카락의 조화는 마치 거리와 세트로 보일 정도였다.

"한창 가신들과 도망 중이셔야 할 분이 전혀 발걸음도 하지 않으실 것 같은 이곳에는 어쩐 일입니까?"

청년은 잔뜩 볼멘소리로 대답했다. 미남자에게 뭔가 쌓인 게 많은 표정이다.

"내가 너를 놔두고 어디 가겠나."

"……."

"잘 지냈나? 토마스."

안경 낀 청년은 그 한마디에 가슴에 쌓인 원망이 스르르 녹아 버렸다. 그는 어깨를 들썩이며 미남자의 질문에 질문으로 대답했다.

"마스터. 몸은 괜찮으십니까?"

＊　　　＊　　　＊

"요즘 제국 은행이 내놓은 금융 상품 때문에 난리가 났습니다. 저야 그 덕분에 이 서점을 싸게 매입했지만요."

"새로운 금융 상품?"

"제국은행에서 '피라미드'라는 금융 상품을 내놨는데 시민들에게 반응이 폭발적입니다. 너도나도 그 상품을 사기 위해 밤을 새면서까지 기다리고 있을 정도라니까요."

토마스는 아카드를 만나자마자 상점의 셔터를 내렸다. 그러고는 한쪽에 마련된 테이블에서 아카드에게 몇 달간 일어난 제국의 상황에 대해 설명했다.

"그 정도로 인기가 좋은가?"

"10년간 원금을 찾을 수 없다는 조건이 붙어 있긴 하지만, 1년에 원금의 30%를 이자로 준다고 하니 대출까지 받아 가며 가입한다니까요."

아카드는 고개를 갸웃거렸다. 도저히 있을 수 없는 수익률이기 때문이다.

단기 투자에서는 시기만 잘 만나면 엄청난 고수익을 올릴 수 있다. 그러나 10년이라는 시간은 엄청나게 긴 시간이다. 이 정도의 장기 투자에서는 신이 아닌 다음에야 제국은행이 내건 고수익을 올린다는 것은 불가능에 가깝다고 봐야 한다.

수익이라는 것은 위험부담에 비례한다. 위험이 클수록 고수익을 올릴 가능성이 커지고, 위험이 낮으면 수익도 그만큼 줄어든다.

제국은행은 개인이 아니라 공공기관이다. 당연히 공공의 자금으로 투자할 곳을 고를 때는 개인이 투자하는 것과는 비교도 할 수 없을 정도로 안전성을 철저히 따진다.

그런데 제국 은행에서 그런 엄청난 수익을 올릴 수 있다고? 아카드는 자신이 투자해도 그 정도의 수익을 낼 자신이 없었다.

"뭔가 냄새가 나는데."

"요즘 제국은행의 위세가 장난이 아닙니다. 다음 달에 열릴 원로원 회의에서 화폐 실명제가 통과될 거라는 소문이 자자합니다."

"중앙 귀족들이 반대할 텐데?"

"공작이 혼수상태에 빠지고 소로스 은행장이 클라우스 가문의 후견인이 된 이후론 엄청 밀어주던데요."

아카드의 얼굴은 점점 심각해졌다. 이건 너무나 잘 짜인 각본대로 흘러가는 기분이 들었다.

"루시르 국장만 불쌍하게 됐죠, 뭐."

"그게 무슨 소리야?"

"클라우스 공작이 혼수상태라고는 하나 숨이 붙어 있지 않습니까. 말이 좋아 후계자지 정식으로 작위를 승계받은 것이 아니니 원로원에서 발언권도 없고, 권력의 핵심에서 완전히 튕겨난 것 같더라고요."

토마스의 이야기를 듣는 동안 생겨났던 의혹이 점점 확신으로 바뀌고 있었다.

가문을 멸망시키고 자신의 상단을 몰수한 원흉은 클라우스 가문과 제국 은행이다. 그런데 한쪽은 몰락하고, 한쪽은 흥한다?

아카드는 이건 음모라고 확신했다.

"아버지가 의사당에 쳐들어갔을 때 클라우스 공작이 어떻게 빠져나왔지?"

"소로스 은행장이 가슴에 피를 철철 흘리는 상황에서 클라우스 공작을 구한 뒤 쓰러졌다고 하던데요? 그건 지나가는 사람에게 물어봐도 다 아는 사실이잖아요."

"소로스 은행장이구나."

"네? 뭐가요?"

아카드는 확신했다. 처음에는 아버지를 저렇게 만든 흉수가 클라우스 공작이라고 생각했다. 그가 흑마법사를 은밀하게 데려와 아버지의 암살을 사주했다고 결론 내렸다.

하지만 의사당 잔해에서 나온 시체들 중 흑마법을 익힌 사람은 없었다. 만약 흑마법사가 살아서 빠져나갔다고 가정한다면 아버지가 살아 있을 리가 없다. 살아남은 사람들 중 흉수가 있다고 봐야 한다.

클라우스 공작이 흉수일까?

아카드는 고개를 흔들었다. 젊었을 때 클라우스 기사단장을 맡을 정도로 검에 조예가 깊은 공작이 흑마법을 익혔을 리는 없었다.

그렇다면 남은 사람은 소로스 은행장이다.

갑자기 아카드의 뇌리에 한 장면이 지나갔다. 아카데미 MT 마지막 날 학생회장이었던 루빈이 폭주하던 모습이 그의 머리에 박혔다.

"실리안. 혹시 내가 MT 갔을 때 기억해?"

"MT가 뭐야? 인간들은 꼭 어려운 말 쓰더라."

실리안은 투덜대며 궁시렁거렸다.

"나랑 비슷한 또래 학생들이 한꺼번에 모여서 놀러가는 거. 그때는 네가 소환되기 전인가?"

"아하. 마스터가 흑마법을 사용하는 놈한테 걸려서 신나게 두들겨 맞을 때를 말하는 건가?"

저 망할 바람의 정령을 비 오는 날 먼지가 나도록 두들겨 팬 뒤 쫓아내야 하나? 아카드는 이마에 힘줄이 튀어나올 정도로 욱 하는 것이 올라왔다.

"그때 위험했지. 나 아니었으면 마스터는 세상 구경하기 어려웠을 거야. 위대한 이 몸에게 감사해야 해. 알아?"

"라그니스. 처리해."

"잠깐! 으아아악! 살려 줘!"

실리안 뒤로 엄청난 화염을 넘실거리며 라그니스가 다가갔다. 라그니스가 미치도록 실리안을 두들겨 패는 사이 아카드는 사색에 잠겼다.

기사였던 자가 흑마법사일까? 흑마법을 쓸 줄 아는 자식의 아버지가 흑마법사일까?

어린아이에게 물어보아도 판단할 수 있는 질문이다.

아카드는 실리안의 말을 듣고 확신했다.

모든 사건을 설계한 원흉은 소로스 은행장이라고.

"마스터. 답답하게 생각만 하지 말고 저한테도 알려 달라고요. 맨날 나한테는 안 가르쳐 주고 말이야. 사람이 그러지 맙시다."

"지금은 의심일 뿐이야. 확신이 들면 제일 먼저 알려 주지."

"정말입니다. 약속했습니다."

"약속하지. 그런데 말이야…… 혹시 제국은행 건물 설계도를 구할 수 없나?"

"에이. 말이 되는 소릴 하셔야죠. 설계도 같은 게 남아 있을 리가 없죠. 털어 달라고 광고하는 것도 아니고."

"그렇다면 제국은행을 턴 은행 강도는 없나?"

"시도한 놈들은 많죠. 살아 돌아오질 못해서 그렇지. 도 대체 그런 것들이 왜 궁금하신데요. 제국은행이라도 터시 게요?"

토마스가 가재미눈으로 아카드를 노려보았다.

"생각은 해 보려고. 당했으니 나도 열 배로 갚아 줘야지."

"생각조차 하지 마세요. 소문에는 은행을 털려고 했던 도둑들이 제국은행 감사실에 끌려가서 시체도 못 건졌다는 말이 있어요."

"감사실? 그게 뭐 하는 곳이지?"

"보통은 비리를 조사하고 내부 직원들을 감시하는 곳이 라는데, 워낙 비밀스러운 곳이라 알려진 것은 없어요. 제국 은행 직원들은 최후의 보루라고 부른대요. 아, 맞다."

토마스는 갑자기 두 손을 마주쳤다. 뭔가 생각이라도 난 표정이다.

"얼마 전에 이런 소문은 있었어요. 제국은행 감사실에 끌려갔다가 빠져나온 탈주범이 있다고요."

"그래? 소문들을 좀 모아 봐."

"모아 보기는 하겠는데 큰 기대는 하지 마세요. 워낙 소문이라는 것이 믿을 것이 못 돼서 말이죠."

토마스는 아카드 앞에 있는 잔에 차를 따르다가 뭔가가 생각났는지 잠시 멈췄다.

"아, 맞다. 요즘 아카데미에서 재미난 일이 일어나고 있는 거 아십니까?"

"아카데미에서?"

"제국에 몰수된 저희 상단을 인수하기 위해 학생 주주를 모집한다고 난리입니다."

픕!

아카드는 차를 마시다가 입에 있던 내용물을 내뿜었다.

"학생 주주를 모집한다고? 누구 짓이야?"

"마스터가 학생회장으로 만든 친구 있지 않습니까? 이름이 뭐더라?"

"폴을 말하는 거야?"

"아, 맞다. 폴. 그 학생이랑 선거운동을 도와줬던 여학생분들이 함께 추진하는 모양이더라고요."

"쓸데없는 짓을 하는군. 어차피 경매를 통해 대형 상단 손에 들어갈 건데 왜 그런 짓을 하지?"

토마스의 이야기를 듣던 아카드가 고개를 흔들었다. 순수한 학생들이 대형 상단의 상단주들과 경쟁하는 건 계란으로 바위치기다. 지금쯤이면 이미 A&M 투자상단을 인수

할 주인이 정해졌을 것이다. 신청자가 경매에 참여할 수 없도록 까다로운 참가 조건도 만들었을 것이다.

학생들이 모은 돈이 아무리 많아도 절대 이길 수 없는 싸움이다.

"가서 전해. 쓸데없는 짓 하지 말라고."

"그런데 말입니다…… 그거 아십니까?"

토마스가 쉽게 말을 꺼내지 못하고 눈치만 본다. 이야기를 꺼내야 할까 망설이는 표정이다.

"말해."

"화내지 마십시오. 약속하실 수 있지요?"

"알았다니까!"

"학생회가 학생 주주 프로젝트를 진행하는 데 결정적인 아이디어를 제공한 사람이……."

"뭐, 누군데? 누군데 그렇게 망설여."

토마스는 말을 잠시 끊었다. 그러더니 한숨을 크게 내쉬며 될 대로 되라는 식으로 말을 뱉어 버렸다.

"에레나 영애랍니다."

쨍그랑.

순간적으로 아카드의 얼굴이 확 일그러졌다. 그가 손에 쥐고 있던 컵의 손잡이가 부스러졌다. 손잡이를 잃어버린 컵의 몸통이 바닥에 떨어지며 산산조각 났다.

Chapter 6.

정보 길드를 얻다

구시가지의 북쪽은 대륙 전쟁을 피해 제국으로 건너온 불법 이민자들에 의해 형성된 구역이다.

신분이 불분명한 자들이 모이다 보니 사건 사고가 끊이질 않았다. 치안도 엉망이고 도로도 군데군데 움푹 파여 있어 마차들이 지나갈 수 없을 정도다.

도로 양옆에는 판잣집이 밀집되어 있었고 골목 구석구석에 악취가 진동한다. 한 사람이 겨우 지나갈 것 같은 골목들이 미로처럼 이어지고, 조금 큰길가로 빠져나오면 불법 도박장과 유흥업소들이 즐비했다.

이민자 구역에서 가장 유명한 환락의 거리다.

아카드가 나타나자 토박이들의 눈이 일제히 집중되었다.

어두운 곳에서 보아도 고급스러운 슈트와 차별화된 외모는 눈에 띌 수밖에 없었다. 황족처럼 보이는 사내가 호위기사 하나 없이 마음 놓고 활보하자 호기심이 동했다.

휘익! 휘이익!

여기저기서 놀려 대는 소리가 들렸다.

"어이, 애송이. 담력 테스트하러 왔냐?"

"엄마 손은 잡고 왔냐? 혼자 돌아다니다가 오줌 싼다."

그때였다.

허름한 2층 도박장에서 검은 그림자가 몸을 날려 아카드 앞에 섰다. 얼마나 오랫동안 씻질 않았는지 온몸에서는 악취가 풍기고 흐트러진 머리로 인해 얼굴이 잘 보이지 않았다.

아카드를 놀리며 다가가던 불량배들이 불청객의 등장에 슬그머니 뒤로 물러섰다.

"간만에 한몫 두둑이 챙기나 했는데 고스트가 끼어들 줄이야. 오늘 하루도 허탕이네."

"두고 봐. 언젠가 저 새끼 머리를 망치로 깨 버릴 거니까."

"조용히 해. 저 자식 일 방해하다가 사라진 녀석들이 한둘이 아니야."

고스트라고 불린 사내가 게슴츠레한 눈으로 아카드의 위 아래를 스윽 훑어보았다. 머리카락 사이로 언뜻 보이는 얼굴을 보면 30대 중반의 나이로 보였다.

"제국에서도 떵떵거리는 집안 자제 같은데 여기는 위험한 곳이거든. 길가다가 죽어도 신경도 안 쓰는 이 동네에 무슨 일인가?"

얼마나 술에 찌들어 살았는지 입을 열자마자 주변에 술 냄새가 진동한다. 그러나 아카드는 아무런 표정 변화도 보이지 않았다.

"사람 사는 것이 다 똑같지 여기라고 다른 것이 있을까?"

"다른 것이 있냐고? 당연히 다르지. 이곳은 지옥이거든. 인생이 막장에 다다른 놈들만 흘러들어오는 곳이야. 구시가지 사람들은 이곳을 변기통이라고 부르지."

"변기통? 배설물보다 못한 인간들이 모인다고 그렇게 지었나?"

"맞아. 여기 있는 놈들은 개돼지만도 못한 인간들뿐이지."

"가진 재주는 있는데 허송세월을 낭비하는 너처럼 말인가?"

고스트가 씨익 입꼬리를 말아 올렸다.

"생긴 것과는 다르게 입이 매섭군. 조언을 하려다가 도리어 한 대 맞았군."

"조언이라고 생각하면 한 가지만 묻지."

"유언이라고 생각하고 신중하게 물어."

"여기에 제국은행 감사실에 끌려갔다가 탈출한 자가 있다고 하던데. 들어 본 적이 있나?"

고스트의 눈빛이 싸늘하게 변했다. 조금 전까지의 건들거리며 대답하던 눈빛이 아니었다.

"돈 몇 푼 뜯어내고 살려 주려고 했더니 네놈이 무덤을 파는구나. 죽이기 전에 묻겠다. 무슨 일로 그분을 찾는 거지?"

고스트의 말에 아카드의 입 끝이 말려 올라갔다.

"그분이라. 아는구나."

미소를 그린 아카드의 입술이 달싹였다.

"라그니스!"

화악!

그 순간 고스트가 본 것은 아카드의 몸에서 붉게 치솟아오르는 화염이었다.

*   *   *

시커멓게 그을음을 뒤집어쓴 고스트는 미로 같은 골목을 몇 번이나 꺾어 돌더니 발걸음을 멈췄다. 그가 멈춘 곳에는 산송장이라고 봐도 무방할 정도의 병든 노인들이 여기저기서 골골대는 소리를 내고 있었다.

고스트는 노인들 틈바구니를 뚫고 지나가 금방이라도 무너져 버릴 것 같은 판잣집 앞에서 신경질적으로 말했다.

"열어. 대장 보러 왔어."

곧바로 문이 열리고 아카드는 바로 뒤를 따라 안으로 들어갔다. 쓰러질 것 같은 외부의 모습과는 달리 내부는 꽤 깔끔하고 천장에는 이곳과는 전혀 어울리지 않는 마법 등도 달려 있었다.

'마스터. 천장에 누가 숨어 있다.'

머릿속에서 실리안의 음성이 울렸다. 과연 실리안의 말대로 천장에는 십여 명의 인기척이 느껴진다. 이곳을 지키는 인물들인 듯했다.

'숨어 지내기에 딱이군.'

무법지대나 다름없는 곳에서도 죽을 날만 기다리는 노인들이 있는 곳에 은신처를 만든다? 누가 만들었는지는 모르겠지만 감탄이 절로 나왔다.

"여기까지 왔으니 약속 하나만 해 주시오. 절대 대장을 해치지 않고 이곳을 제국은행 놈들에게 발설하지 않는다는 약속을 받아야겠소."

고스트가 걸음을 멈추고 아카드를 바라보았다.

이곳에 있는 암살자만 오십 명이다. 대부분이 B클래스 이상으로 평가받는 암살자들이고 몇몇 소수는 A클래스로 평가받는 암살자도 있다.

이미 손 한 번 쓰지 못하고 패해 졸지에 길잡이가 되어 버린 고스트였지만, 고스트는 눈앞의 이 젊은 청년이 이곳에 있는 암살자들 모두를 상대할 수는 없을 것이라 여겼다.

성질대로 하면 이곳에서 없애 버리고 싶었다.

그러나 고스트의 본능이 경고를 보내고 있었다. 실력으로 따지면 이곳에서 평범한 축에 속하지만 암살자들 사이에서도 촉 하나만은 특별하다고 평가받는 자신이다.

고스트는 앞의 청년을 죽이기 위해서는 엄청난 희생이 뒤따를 것이라는 예감이 자꾸만 들었다.

"천장의 쥐새끼들 믿고 그러는 거냐? 다 나오라고 해 봐. 실력 한번 보게."

"쌍! 하나만 명심하시오! 대장에게 해를 가하면 우리 모두는 죽을 각오로 달려들 것이라는 것을."

고스트는 동료에게 신호를 보내려고 하다가 억지로 참았다. 그는 그 선택이 자신의 동료를 살렸다는 것을 아직까지 전혀 모르고 있었다.

                              *   *   *

　건물 안에는 또 하나의 공간이 존재했다.

　고스트가 방 안의 탁자를 들어냈을 때 지하로 연결된 계단이 나타났다. 밑으로 내려가자 강철 벽으로 연결된 통로가 나타났다.

　고스트는 아카드를 통로 안으로 안내했다. 이후 통로를 벗어나자 또 하나의 강철로 만들어진 문이 나타났다.

　강철 문 앞에 멈춰 선 고스트가 자신의 뒷주머니에서 뭔가를 꺼냈다. 눈과 코, 입 부분만 뚫려 있는 검은 복면이다.

　"신분을 감추고 싶으면 이걸 쓰시오."

　고스트의 품에 있었던 물건이라 그런지 술 냄새와 악취가 풍기는 것은 당연하다.

　"그거 쓰면 얼굴에 없던 병까지 생길 거 같아. 그냥 열어."

　고스트가 몸을 돌려 강철의 문을 두들겼다. 외부의 침입에 대비해서인지 규칙적으로 몇 번을 두들긴다.

　끼이익.

　강철의 문이 열리며 내부의 모습이 드러났다.

　아카드의 눈이 이채를 띠었다.

공간도 넓은 데다가 허름한 외부에서는 상상도 할 수 없을 정도로 호화롭게 꾸며져 있었다. 카펫은 물론이고 앤티크 가구들과 진 제국에서 수입한 것으로 보이는 도자기까지 있었다.

"공자께서 찾는 분은 만날 수 없소. 대신 질문을 전해 줄 수는 있소."

"주인이 튀어 나오게 해 줄까?"

아카드가 라그니스에게 명령하자마자 손에서 불덩이가 소환되었다. 그는 어두워진 안색으로 갈등하는 고스트를 타일렀다.

"한 가지만 물어보고 나갈 거야. 내가 죽일 거면 순순히 따라왔겠어?"

고스트는 어떻게 해야 할까 고민했다.

자신의 대장은 제국 은행장의 아들을 살해한 혐의로 끌려갔다가 겨우 탈출한 상태다. 제국은행 감사실에 끌려가서 온갖 고문을 당하다 보니 특A 클래스를 자랑하던 대장은 평범한 사람보다 못한 상태였다.

만약 청년과 대면시켰다가 공격이라도 받으면 그야말로 목숨을 장담할 수 없게 된다.

고스트가 망설이고 있을 때 한 노인이 다가왔다. 지금은 은퇴하고 동료들의 훈련을 감독하는 어르신이다. 동시에 대장의 오른팔이자 조언자이기도 하다.

그가 여기로 온다는 것은 대장이 이 일을 알고 있다는 것을 의미했다.

"어르신. 무슨 일로 오셨습니까?"

"이분을 데려오시라는 명령을 받았습니다."

"대장님께서 어떻게 아시고……?"

"아는 분이시랍니다."

아카드는 고개를 갸웃했다.

'내가 아는 사람 중에 제국은행에 끌려간 사람이 없는데 누굴까? 만나 보면 알겠지.'

"내 돈 내놔! 이 새끼야!"

아카드는 갑자기 봉변을 당했다.

노인의 안내를 받고 간 곳에는 중년인 하나가 온몸에 붕대를 감고 침대에 골골거리며 누워 있었다. 그런데 갑자기 자신의 얼굴을 보더니 벌떡 일어나 멱살을 잡으려 하는 것이 아닌가.

"제국은행에서 탈출했다고 하더니 미쳐 버린 모양이군."

아카드는 가볍게 중년인을 밀어내고는 고개를 흔들었다. 하지만 중년인은 마치 원수를 바라보는 듯한 눈빛으로 발악을 했다.

"네놈 때문에 이 신세가 되었는데 어떻게 책임질 거야! 이 자리에서 죽기 싫으면 당장 돈 내놔!"

중년인의 정체는 제르.

한때, 암살자계에서 가장 잘나가던 인물이었다. A클래스를 넘어서 전설의 S클래스 암살자가 되고자 했던 제르의 앞날은 두 번의 의뢰 실패로 망해 버렸다고 할 수 있었다.

첫 번째 실패는 검은 상인이라고 불리는 인물을 죽여 달라는 의뢰였다.

의뢰를 받을 때만 해도 실패할 거라고는 상상도 하지 못했다. 이렇게 쉬운 의뢰가 A클래스인 자신에게까지 왜 올라왔는지는 알 수 없지만 상인 하나 죽이는 것은 너무나 쉬워 보였다.

하지만 제르의 예상과 다르게 의뢰는 실패했다.

하필 암살자계의 전설로 불리는 블라디미르가 검은 상인을 암중에서 지키고 있었기에 실패할 수밖에 없었다. 제르는 자신의 경력에 실패가 남는 것에 속이 쓰렸지만 두 배의 배상금을 물어주며 깨끗이 포기했다.

제르가 첫 번째 의뢰에서 경력과 돈을 잃었다면, 두 번째 의뢰에서는 자신의 모든 것을 잃어버리고 말았다.

한 번 실패한 제르에게 제국 아카데미 신입생 하나를 죽여 달라는 의뢰가 들어왔다. 의뢰비가 워낙 크기에 신중하게 조사를 해 보았더니 목표물이 악명 높은 모건 백작의 후계자였다.

목표물이 해적왕의 아들이라는 것 때문에 제르는 의뢰를 망설이기도 했지만 결국 받아들였다. 검은 상인 암살 의뢰의 실패로 추락된 자신의 명예를 회복할 수 있는 절호의 기회로 생각했다.

하지만 두 번째 의뢰도 실패했다.

아카드를 암살하려는 과정에서 자신을 죽여 입을 막으려는 의뢰인 루빈의 계획을 알아채고, 역으로 아카드의 몸에 빙의된 실리안의 의뢰를 받아들인 것이다.

결국 둘의 합공으로 흑마법이 폭주한 루빈을 죽일 수 있었지만 모든 죄는 제르가 뒤집어썼다. 아카드에게 의뢰비 한 푼도 받지 못하고 죄만 뒤집어쓴 제르는 국경을 넘어가려다가 암살자들과 제국은행에서 파견된 흑마법사들에게 잡혔다.

제르가 끌려간 곳은 제국은행 감사실.

말이 감사실이지 고문실이나 다름없었다.

그곳에서 제르는 난생처음 지옥을 맛보았다.

물리적인 고문은 물론 마법사로 보이는 자들에게 생체실험까지 당했다.

제국은행장 아들 루빈의 장례식 때 경비가 허술한 틈을

타 빠져나오기는 했지만 이미 모든 것을 잃은 후였다. 생체 실험의 부작용으로 마나가 사라지면서 평범한 사람보다 못하게 됐고, 암살자계에서는 의뢰인을 죽인 일로 공적으로 낙인찍혀 영구 추방되었다.

*　　　*　　　*

"저 자식이야! 저 자식 때문에 내 모든 걸 잃어버렸다고!"

이런 상황에서 아카드가 자신을 찾아왔으니 제르가 정상일 수가 없었다. 그는 눈이 뒤집힌 상태로 아카드에게 손가락질하며 미친 사람처럼 고함을 질러 댔다.

"제국은행을 탈출했다기에 제법 대단한 인물인 줄 알았는데 실망이군. 찾은 놈이 미친놈일 줄이야."

제르가 날뛰는 모습을 보며 아카드는 고개를 흔들었다.

루빈을 죽일 당시 그의 몸에는 실리안이 빙의된 상태였다. 그러다 보니 아카드의 기억에는 제르라는 인물이 존재하지 않았다.

"대장님, 얌전히 계시다가 갑자기 왜 그러십니까?"

"영감도 내가 미쳤다고 생각하는 거야? 저 새끼라니까! 조용히 의뢰 장소에서 빠져나가려는 나한테 만 골드를 제시한 놈이 바로 저 자식이라고!"

길드장의 이야기를 듣자마자 노인의 표정이 굳어졌다. 그는 문을 열고 나가려는 아카드를 향해 무거운 목소리로 물었다.

"혹시 아카드라는 분이 맞으십니까?"

노인이 혹시나 하는 표정으로 물었다.

문을 열고 나가려던 아카드의 발걸음이 멈췄다.

"벌써 내 뒷조사를 끝냈나?"

뒤돌아 선 아카드의 입은 웃고 있었지만 눈동자에는 살기가 뚝뚝 흘러내렸다.

"만약 공자의 이름이 아카드가 확실하다면 우리에게 갚아야 할 빚이 있소이다. 그 빚은 여기에 두고 가셔야겠소."

노인이 침실 천장을 향해 눈을 돌렸다. 노인의 말이 끝나기가 무섭게 천장에서 검은 물체가 목표물을 향해 빠르게 날아갔다.

"어이가 없군. 처음 보는 미친놈은 돈을 달라고 하고, 옆에서 말려야 할 노인은 나에게 빚이 있다고 하고. 이쯤 되면 서로 막나가자는 거 맞지?"

자신을 향해 날카로운 예기를 품은 뭔가가 날아오고 있었지만 아카드의 표정은 느긋했다. 그는 '당연히 이렇게 나와야 재밌지.' 라는 표정으로 입꼬리를 말아 올렸다.

"미친놈에게는 몽둥이가 약이지."

목표물을 향해 맹렬히 날아가던 검은 물체는 갑자기 나타난 돌개바람 속으로 휩쓸려 갔다. 바람에 의해 공중에서 빙빙 돌던 날카로운 무기들이 갑자기 방향을 바꾸더니 순식간에 왔던 자리로 되돌아갔다.

"이럴 수가!"

천장을 바라보던 노인의 눈이 커지며 안타까운 탄성을 흘렸다. 천장에서 신음 소리가 들리며 바닥으로 핏물이 뚝뚝 떨어졌다.

"내가 빚지고 살아 본 적이 없어서 말이지. 받은 것이 있으니 이제는 돌려 줄 차롄가?"

아카드의 양쪽으로 불덩이와 돌개바람이 떠올랐다. 그는 경악한 노인을 바라보며 천천히 입을 열었다.

"시작해."

＊　　＊　　＊

그 시각.

고스트와 부하들은 한창 부지런하게 업무를 보는 중이었다. 그들의 업무는 다름 아닌 정보 분석과 분류 작업.

길드장이 암살자계에서 쫓겨난 이후, 그들은 새로운 밥

벌이로 정보 길드를 택했다. 업종을 바꾸면서 길드를 떠난 사람들도 생기고 처음 접하는 업무에 혼란도 많았지만 고스트라는 인재 하나 덕분에 그럭저럭 길드 유지는 할 수 있었다.

암살자 길드였을 때만 해도 고스트는 골칫덩이로 불렸다. 그는 선천적으로 사람 죽이는 것을 두려워하는 문제를 가지고 있어 의뢰인 뒷조사 같은 자질구레한 일 말고는 써먹을 데가 없었던 것이다.

하지만 정보 길드로 바뀌고 나서 고스트의 가치는 급부상했다.

뛰어난 육감과 예리한 분석 능력 덕분에 정보 길드로 업종 변경을 한 지 얼마 되지 않았음에도 불구하고 단골고객들을 확보한 상태였다. 지금은 고스트가 없으면 정보 길드가 돌아가지 않는다고 해도 무방할 정도다.

"설마 길드장님에게 무슨 일이 일어나진 않겠지?"

서류가 빽빽한 방 안에서 고스트는 이리저리 서성이며 뭔가 생각에 빠진 듯했다. 지금쯤이면 각종 정보들이 들어 있는 서류를 들고 열심히 분류하고 있어야 할 그가 도저히 집중을 하지 못하고 있었다.

"마법사라면 암살자의 무서움에 대해 가장 잘 알고 있을 텐데 무슨 배짱으로 혼자 왔을까? 도대체 그가 믿는 것이

뭘까?"

고스트는 아카드가 마법사라고 판단 내렸다. 아카드가 자신의 눈앞에서 강철을 녹여 버릴 정도의 불덩이를 보여 줬으니 마법사라고 생각할 수밖에 없었다.

하지만 이곳은 전직 암살자들이 모여 있는 길드다. 마법사의 천적이라 불리는 암살자들이 득실거리는 소굴이다. 그런데 혼자의 몸으로 저렇게 당당하게 따라온 것이 마음에 걸렸다.

땡! 땡!

고스트가 고민에 빠져 있을 때, 밖에서 침입자를 알리는 종소리가 비밀 아지트 전체에 울려 퍼졌다.

"이런 미친!"

고스트는 인상을 찡그리며 욕을 퍼부으며 길드장이 머무는 숙소를 향해 뛰어갔다.

"벌써 일이 터진 건 아니겠지?"

고스트가 고개를 세차게 흔들며 밖으로 뛰쳐나갔다. 그러자 길드장 숙소에는 이미 예전 부길드장이었던 카샴과 부하들이 도착해 있었다.

"카샴 님, 잠시만 기다리……!"

쾅!

고스트가 뭔가 불길한 예감이 들어 주의를 주려고 했지

만 카샴은 이미 길드장 숙소의 문을 열고 안으로 들어갔다.

"헉!"

카샴의 눈에 방 안의 처참한 광경이 들어왔다.

길드장을 암중에서 호위하는 네 암살자 몸은 시커멓게 탄 채로 바닥에 널브러져 있었고 항상 길드의 버팀목이 되어 준 원로이자 훈련 감독관은 바닥에 기어 다녔다.

"길드장님은?"

카샴이 침대로 눈을 돌리자 누워 있어야 할 길드장 제르가 보이질 않았다. 자세히 살펴보니 침대 아래에 숨어 침을 흘리며 부들부들 떨고 있는 것이 아닌가.

"길드장님, 진정하십시오. 곧 구해드리겠습니다."

수많은 암살 실적을 자랑하듯 카샴은 급작스러운 상황에도 놀라지 않고 허리에 찬 클러를 뽑아 들었다. 카샴의 행동에 부하들도 긴장을 하며 제각기 무기를 뽑아 들었다.

"쳐라!"

카샴과 부하들은 방 안으로 뛰어드는 순간 아카드를 향해 일제히 공격을 가했다. 그들은 당연히 아카드의 몸이 고깃덩이처럼 나뒹굴 것이라고 생각했다.

피할 만한 공간도 여유도 존재하지 않았다. 그런데 아카드는 아무런 행동도 하지 않았다. 오히려 한꺼번에 와 줘서 다행이라는 표정이다.

"쓸어 버려!"

콰쾅!

그들의 공격이 일순간에 정지한 것처럼 보였다. 카샴과 부하들이 뻗은 무기는 더 이상 전진하지 못하고 보이지 않는 벽에 막혀 버렸다.

"이거 뭐야?"

"무기가 움직이질 않아!"

아카드가 손을 한 번 휘젓자마자 잠잠히 흐르고 있던 바람들이 급격하게 회전하기 시작했다. 그러자 바람의 벽에 막혀 버린 무기들이 바람에 휘말려 산산조각 나 버렸다.

"피해!"

카샴의 목소리에 부하들은 자리를 피했다. 방금 전까지 부하들이 있던 곳 바닥에는 파편이 된 무기 조각들이 박혔다.

부하들은 지금의 상황이 꿈인지 생시인지 의심했다. 수많은 마법사들을 처리해 왔지만 이런 경우는 한 번도 경험해 본 적이 없었다.

하지만 이게 끝이 아니었다.

파편은 피했지만 수십 개의 불덩이가 자신들을 향해 다가오고 있었다.

"잠시 제 말을 들어 주시오!"

길드의 원로이자 훈련 감독관을 맡고 있는 노인이 바닥을 기며 외쳤다.

"들을 필요가 있나?"

"아카드 공자, 길드장님 얼굴을 한 번만 봐 주시오. 정말 누군지 모르시오? MT에서 공자의 목숨을 살려 준 은인이란 말이오!"

노인이 피를 토하는 심정으로 자신의 모든 마나를 동원해 크게 외쳤다. 자신의 모든 것을 담은 목소리 속에는 처절한 절규가 가득 담겨 있었다.

"시간을 끌고 싶은 모양이군. 그런 수작은 나에게 통하지……."

아카드는 노인을 비웃으려고 했다. 그런데 갑자기 말이 끊어졌다.

"어라? 저 인간이 여기에 왜 있지? 설마 돈 받으러 왔나?"

방 안에서 신나게 깽판을 부리던 실리안이 침대 구석에 숨어 있는 제르를 보며 한마디를 툭 던졌다. 무심코 던진 실리안의 말 한마디가 아카드의 행동을 멈추게 만들었다.

"아는 인물이냐?"

"전에 MT에서 기억 안 나? 아, 마스터는 그때 흑마법 한 방에 기절했지? 키키키, 그때 위대하신 이 몸이 아니었으면 마스터 훅 갔다."

실리안이 자신의 무용담을 자랑스럽게 떠들어대기 시작했다. 아카드와 라그니스의 표정이 점점 살벌해지는 것을 알지도 못한 채.

"그러니까 마스터는 이 몸에게 감사해야…… 하는데, 분위기가 왜 이러실까?"

화르륵!

라그니스가 손가락 마디를 꺾으며 천천히, 그리고 살벌하게 실리안에게 다가왔다.

"처리해!"

아카드가 싸늘한 눈빛으로 실리안을 노려보며 천천히 입술을 열었다.

"이 새끼가! 끼어들 때 안 끼어들 때 분간 못 하고 멋대로 빙의하고 지랄이야. 죽어!"

라그니스가 달려가는 기세 그대로 발을 들어 실리안의 가슴을 찼다. 그러자 실리안의 몸이 뒤로 날아가 벽에 처박혔다.

라그니스가 실리안에게 참교육을 하는 사이 아카드는 어색하게 주변을 보며 헛기침을 했다.

'실리안의 말이 사실이라면 저 미친놈이 나를 구했다는 소린데?'

과거, 아카드는 귀에 딱지가 앉도록 아버지에게 교육받은 것이 있다.

"은혜는 열 배, 원수는 백 배로 갚아라."

상인으로서 철저히 이익만 추구하는 가운데도 아버지에게 배운 철학 하나만큼은 철저히 지켰다. 그래야 자신의 사람을 만들 수 있고, 말에 무게가 생기기 때문이다.

미친놈처럼 보였던 제르의 말이 사실이라면 아카드는 그에게 빚을 진 셈이었다. 지금 자신의 행동은 은혜를 원수로 갚은 격이 된다.

"네가 걔였어? 미리 이야기를 하지."

아카드가 말했다.

"아까 이야기했잖아! 그땐 쌩 까놓고 왜 이제 또 지랄인데!"

당황한 속내를 숨긴 아카드의 말에 제드가 입에서 불을 뿜어 댄 것은 어쩌면 당연한 일이었다.

물론, 그런 제드의 정당한 항의는 아카드에 의해 소리 없는 메아리로 사라졌지만.

"흐흠. 서로 오해가 있었나 본데, 앉아서 대화로 푸는 것이 좋을 것 같다."

이쯤 되니 감독관 노인과 고스트, 그리고 카샴 부길드장과 길드원들은 황당한 눈빛으로 아카드를 쳐다보았다.

이야기도 듣지 않고 다 때려 부술 때는 언제고 이제는 안면을 싹 바꿔 대화로 풀자고 하니, 미치고 환장할 지경인 건 제드나 그들이나 같은 심정이었다.

"길드장, 부담 가지지 말고 앉으라고. 어서."

그럼에도 꿋꿋이 아무 일 없었다는 듯이 길드장을 부르는 아카드의 모습에 길드원들은 치를 떨었다.

여전히 호의적이지 않은 반응에 아카드의 입술이 또다시 말려 올라갔다.

"앉으라는 말 못 들었어? 내가 직접 앉혀 줄까?"

화륵!

아카드의 말이 끝나자마자 붉은 불길이 천장을 뒤덮었다.

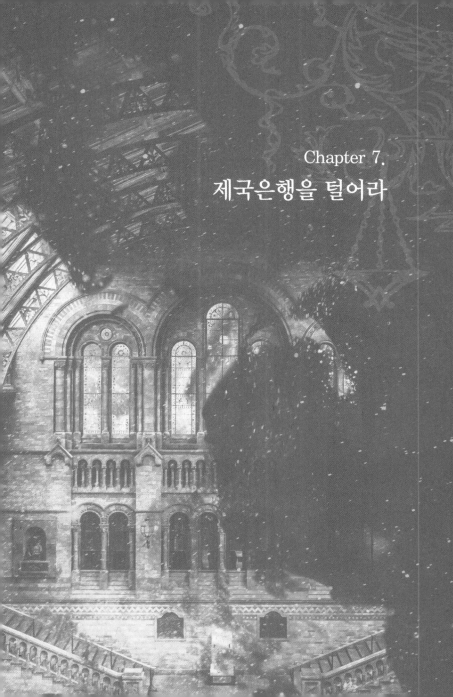

Chapter 7.

제국은행을 털어라

　무더웠던 여름이 가고 푸르렀던 나뭇잎들이 서서히 붉게 달아올랐다. 무더웠던 바람이 외투를 입어야 할 만큼 선선해지며 학생들이 하나둘씩 아카데미에 모습을 드러내기 시작했다.

　레이놀드 총장은 창밖으로 학생들이 등교하는 모습을 지켜보고 있었다. 무럭무럭 자라나는 제국의 동량들을 즐겁게 바라보는 총장의 얼굴에 수심이 가득했다.

　두 달도 되지 않았지만 총장의 얼굴은 십 년은 바싹 늙어 버린 것처럼 보일 정도였다.

　"어쩌다가 이 지경이 되었단 말인가."

총장의 입에서는 깊은 한숨이 연속으로 터졌다. 가장 기대했던 신입생 아카드는 역적으로 몰려 쫓기고 있고, 손녀처럼 대하던 에레나는 휴학계를 내고는 감금되어 있는 상태였다.

면접에서 아카드를 보며 총장직에서 물러나기 전, 역사에 빛나는 인물을 한 번 만들어 보겠다는 자신의 꿈도 산산조각 나 버렸다. 아카드를 제국의 중심으로 키워 내 귀족과 상인들이 득세하는 제국을 하나로 뭉치겠다는 희망이 사라져 버렸다.

레이놀드 총장의 눈에는 삼삼오오 분열되어 무너지는 제국의 미래가 훤히 보였다.

똑똑.

총장의 쭈글쭈글한 손에 힘이 빠지고 있을 때 바깥에서 노크하는 소리가 들렸다.

"들어오게."

"총장님께 온 편지입니다."

"거기 놓고 가게."

직원 하나가 레이놀드 총장의 심기가 편치 않다는 것을 눈치챘는지 조심스럽게 책상에 편지 하나를 올려놓았다. 그러고는 발소리도 내지 않게 조심스러운 발걸음으로 재빨리 문을 닫고 빠져나갔다.

총장은 창가에서 책상까지 힘없는 발걸음으로 걸어갔다. 직원이 전해 준 편지 봉투를 살펴보더니 하나씩 바닥에 던져 버렸다.

"제국은 망해 가는데 이것들은 파티나 즐기겠다고? 당장 이 자식들을 불사질러 죽여 버릴까 보다!"

대부분이 파티 초대장이었다. 출처는 황실부터 중앙 귀족들까지 다양했다.

총장은 초대장 하나하나를 구기며 바닥에 내팽개쳤다. 그의 표정에는 불쾌함이 가득했다.

"이건 뭐지?"

마지막 총장의 손에 남은 봉투에는 보낸 사람의 이름이 보이지 않았다. 단지 '제국의 미래를 걱정하는 한 사람으로부터…….' 라는 글자만 적혀 있을 뿐이다.

"장난 편지인가?"

총장은 바닥에 던지려다가 궁금증이 생겨 편지 봉투를 뜯었다. 내용을 읽어 내려가던 총장의 눈이 편지 말미에서 커다랗게 커졌다.

"검은 상인으로부터……."

이 문장을 보자마자 총장의 얼굴에 생기가 감돌았다. 편지지를 쥐고 있던 쭈글쭈글한 손등에 힘줄이 솟아났다.

"이 녀석이 아직 제국에 남아 있단 말이지? 또 무슨 사고를 치려는지 몰라도 내 도움이 필요한 게로군."

레이놀드 총장 입가에 미소가 피어났다. 소년 시절로 돌아간 것처럼 표정에는 기대감이 떠올랐다.

"오냐! 마지막으로 네놈이 날뛸 수 있게 도와주지."

총장의 시선이 다시 창밖을 향했다. 교내에서 무리 지어 시민 학생들을 벌레 보듯 쳐다보고 괴롭히는 상단 자제들과 중앙 귀족 자제들의 모습이 총장의 눈에 들어왔다.

"내 마지막 도박은 아직 끝나지 않았다."

총장은 요즘 들어 더더욱 날뛰는 기득권 무리들을 바라보며 이를 꽉 물었다.

*　　*　　*

아카드는 그 시각 제르가 길드장으로 있는 아지트에 눌러앉았다. 제국 수사망이 미치지 않는 곳인 데다가, 길드장인 제르가 도망자 신세이기에 뒤통수 맞을 염려가 없어 안성맞춤이다.

"누구 혈압 올라 죽는 꼴 보려고 그래! 당장 저 자식 내보내라고!"

제르가 경기를 일으키며 길길이 날뛰었지만 아카드에게 나가라고 말하는 간 큰 인물은 아무도 없었다. 오히려 몇몇 길드원들은 길드장과 다르게 생각하고 있었다.

길드가 엉망이 된 현 상황에서 강자 하나가 더 있다는 것이 큰 도움이 된다. 또한 아카드는 무료로 아지트에 눌러앉는 것이 아니었다.

길드장 제르에게 보상금 차원으로 이만 골드에 해당하는 금괴도 내놓았기에 길드원들은 속으로 만세를 불렀다. 길드장 제르의 발악은 점점 묻혀 가고 있었다.

"네놈이 나가지 않으면 내가 나간다."

"나가면 죽어. 상황 판단 못 해?"

"네놈과 엮이는 것보다 그게 나아. 차라리 자수해서 편안하게 노후를 보내는 것이 정신 건강에 훨씬 낫겠다."

"원하는 돈도 두 배로 주었는데 너무 괄시하는 거 아닌가?"

침대에 앉아 있는 제르가 몸을 휙 돌렸다. 아카드 얼굴도 보기 싫다는 표정이다.

"망가진 길드장의 몸을 내가 치료해 주지. 그 정도면 구미가 당길라나?"

"뭣이라?!"

제르가 다급하게 몸을 돌렸다. 얼마나 간절했는지 아카드의 손을 꽉 부여잡고 눈을 크게 떴다.

"손은 좀 놓지. 그쪽 취향은 아니라 거북한데."

"그래그래. 정말 내 몸을 치료할 방법이 있나?"

"당장은 아니지만 2년 안에 치료해 줄 수 있어. 또한 암살자 길드는 아니지만 정보 길드로서 대륙에 명성을 날릴 수 있도록 만들어 줄 수도 있어."

제르는 손을 풀어 주고는 약간은 의심스러운 눈빛으로 바라보았다. 아카드의 말을 믿을 수도 없었지만, 믿는다고 해도 조건이 너무 후했다.

욱하는 성질이 있긴 하지만 제르는 한 길드의 수장이다. 경험상 달콤한 열매를 얻기 위해서는 그만한 대가를 치러야 한다는 사실 또한 그 누구보다 잘 알고 있었다.

"원하는 것이 뭐야?"

"제국은행."

*   *   *

고스트의 눈이 큼지막하게 커졌다.

"제국은행?"

그러자 길드장 제르가 어색한 기침을 연신 뱉어내더니 고스트의 시선을 피했다.

"험. 험. 역시 눈치 하나는 기막히단 말이야. 맞다. 제국은행 지하로 안내하면 되는 일이다. 제국은행 내부 구조를 잘 아는 사람이 너랑 나밖에 없는데, 내 몸이 이 지경이라서 말이지."

"절대 못 합니다."

고스트가 소리를 버럭 질렀다. 평소 같으면 길드장 앞에서 절대 해서는 안 될 행동이지만 제르는 나무라지 않았다.

고스트는 고개를 잘게 흔들며 슬금슬금 뒤로 물러났다.

"불가능한 거 아시죠? 제국은행에 잠입하느라 동료 네 명이 희생되었습니다."

"한 번 해 봤으니 잘할 수 있겠네. 이번에는 나랑 둘이 갈 거니까 동료들의 희생은 걱정하지 않아도 될 거야."

잠자코 가만히 있던 아카드가 나섰다.

"절대 불가능합니다. 이번에 잡히면 평생 햇빛 구경도 못하고 죽습니다. 아시지 않습니까? 제국은행을 털려는 도둑 치고 살아남은 자가 없다는 것을요."

고스트는 바닥에 대(大)자로 드러누웠다.

죽어도 못 가겠다고 온몸으로 표현했다.

대륙의 내로라하는 대도들에게 제국은행 비밀 금고는 최고의 목표였다. 하지만 성공한 자는 없었다. 모두 쓸쓸히 이름만 남기고는 사라졌다.

그만큼 제국은행의 지하 2층 비밀 금고는 난공불락의 성으로 알려져 있다. 그 안에 뭐가 있는지, 누가 지키고 있는지 알려진 것이 하나도 없었다.

그나마 길드장을 구할 수 있었던 것은 상대적으로 감시가 느슨한 지하 1층이기에 가능한 것이었다. 그마저도 제국은행장의 아들인 루빈의 장례식이 없었다면 불가능했을 것이다.

"저는 일찍 죽고 싶은 마음 없습니다. 결혼도 하고 싶고 돈도 많이 벌고 싶다고요!"

"결혼은 모르겠지만, 이번 일만 성공하면 평생 돈 걱정 없도록 해 주지."

"돈보다는 목숨입니다."

"돈도 얻고 목숨도 붙어 있으면 훨씬 좋겠지?"

아카드의 말에 고스트가 황당한 표정을 지었다. 자신을 지켜줘야 할 길드장은 자신이 그 일을 해 주기를 간절하게 원하고 있는 눈치다.

"네 꿈이 대륙 최고의 정보 길드를 만드는 것이라지? 이번 일만 끝나면 우리 길드는 대륙에 명성을 떨치게 될 거야. 네놈 꿈에 한 발자국 다가갈 수 있게 된다."

"관심 없습니다. 차라리 독립해서 새로 차리겠습니다."

"너에게 주마, 이 길드를. 그럼 하겠느냐?"

고스트는 놀란 표정으로 길드장 제르를 향해 고개를 돌렸다. 진중한 길드장의 눈빛을 보니 진심인 거 같았다.

"저보다 부길드장 카샴 님이 더 잘 해낼 겁니다. 설계도는 어떻게 해서든지 구해 보겠습니다."

"미안하지만 힘들겠어. 암살자계를 떠나고 나니 높은 곳에만 오르면 어질어질해. 나이도 있다 보니 한 시간 은신하는 것도 힘들어."

"헉!"

갑자기 문이 열리며 부길드장 카샴이 들어왔다.

고스트는 깜짝 놀라 벌떡 일어났다. 상황을 보니 벌써 말을 맞춘 듯 보였다.

고스트는 꼼짝없이 그물 속에 갇혀 버린 셈이다.

"너밖에 없다. 살인은 못 하지만 은신과 추적은 너를 따를 사람이 없지 않느냐."

길드장 제르가 간절하게 부탁했다.

"훈련 감독관님은 어떻습니까? 소싯적에 A클래스 암살자로 이름을 날리셨다면서요? 경험에다가 연륜까지 가지고 계시니 저보다 훨씬 나을 겁니다."

"예전에는 비가 오면 허리가 찌뿌둥하더니 요즘은 수시로 허리가 쑤셔 오네그려."

"허헉!"

침실 안쪽에서 백발의 노인이 지팡이에 의지하며 절뚝절뚝 걸어 나왔다. 고스트는 망연자실한 표정으로 모든 것을 내려놓았다.

고스트는 머리를 쥐어짜며 자포자기식으로 소리를 질렀다.

"제가 길드장이 되면 두 분은 행복 끝 고생 시작인 줄 아십시오. 입에 단내가 나도록 굴릴 겁니다."

무섭게 노려보는 고스트를 향해 부길드장 카샴은 히쭉거렸다.

"네놈이 무사히 돌아오면 나는 훈련 감독관으로 물러나려고."

그 뒤를 이어 백발의 노인이 무덤덤하게 대답했다.

"나는 참한 색시나 찾아보려고. 더 늦기 전에 새장가나 들어야지. 외로워서 못 살겠네."

고스트의 고함소리가 방 안에 길게 울려 퍼졌다.

"길드장이 되면 다 죽었어어어어어어!"

* * *

달빛조차 가려진 야심한 새벽, 신시가지 상인 지구.

제국은행은 제국에서 돈의 흐름이 가장 활발한 상인 지구와 가장 경계가 삼엄한 황실 지구 사이에 자리 잡고 있었다.

제국은행 주변에는 5미터 높이의 단단한 벽이 빙 둘러쳐져 있고, 벽 위에는 10미터 간격마다 망루가 설치되어 있었다. 망루 안에는 소드 익스퍼트급 기사가 밤낮을 가리지 않고 교대로 근무하며 외부 침입에 대비해 철저하게 감시하고 있었다.

벽 안쪽을 살펴보면 제국은행 명성에 어울리지 않게 휑하다는 인상을 받을 수 있다. 나무 한 포기 없는 대지 한가운데 9층 높이의 건물 한 채만이 웅크리고 있을 뿐이다.

제국은행 본점은 제국뿐만 아니라 남대륙 전역의 지점에서 벌어들인 수익이 보관되어 있다. 일반 사람은 상상도 하지 못할 막대한 액수의 화폐뿐만 아니라 화폐 가치의 기준이 되는 금괴, 각 왕국의 국채까지 보관되어 있으며, 그것들을 바탕으로 제국은행이라는 막대한 세력이 움직이고 있는 것이다.

우스갯소리로 제국은행 본점을 털면 왕국 하나 사는 것은 일도 아니라고 할 정도다. 대륙 최고의 부를 자랑하는 노틸러스 제국 예산의 몇 배나 되는 자금들이 비밀 금고에 보관되어 있었다.

그런 만큼 제국은행의 보안 체계는 황제가 기거하는 황실보다 몇 배나 삼엄하고 견고하다. 망루뿐만 아니라 건물 주변에서도 정해진 자리를 지키는 기사단들을 곳곳에서 발견할 수 있다.

철커덕! 철커덕!

갑옷을 입은 기사들이 지나가자마자 동쪽 구석에 위치한 망루 바닥의 흙들이 미세하게 움직였다. 기사들의 발자국 소리가 완전히 사라진 후 구멍 하나가 생겨났다.

구멍 안에서 검은 머리카락을 가진 청년의 머리와 지저분한 회색 머리 청년의 머리가 쑥 올라왔다. 아카드와 고스트는 하수도 한쪽을 뚫고 만든 비밀 통로를 통해 제국은행 안으로 침투했다.

워낙 야심한 데다가 망루 밑이었기 때문에 침입자의 존재를 알아차린 기사들은 아무도 없었다.

"여기가 제국은행 본점의 유일한 허점입니다."

고스트가 주변을 살피며 작게 말했다.

"왜 그렇지?"

"이 망루 정면에 황실이 있기 때문이지요. 자칫하면 황실을 감시한다는 오해를 살 수 있기에 이곳에 있는 망루에만 감시병이 없습니다."

"그건 어떻게 알아냈지?"

"길드장을 탈출시키기 위해 몇 번이고 이 벽들을 둘러본 적이 있습니다. 그런데 유난히 이곳에서만 감시자 특유의 날카로운 기세가 느껴지질 않았지요. 그래서 하루 종일 숨어서 지켜보니 움직이지도 않고 교대해 주는 기사도 없는 게 아니겠습니까."

"결론은 이 망루를 지키고 있는 것은 사람이 아니라 갑옷을 입고 있는 허수아비다?"

"그렇습니다."

"대단하군."

특정 사람들의 기세를 느끼고 그것을 구분할 수 있다는 것은 보통의 재능이 아니다. 극소수의 사람만이 가지고 태어나는 특별한 능력이다.

'일회용으로 쓰고 버리기에는 아까워. 이 녀석을 어떻게 해야 두고두고 부려 먹을 수 있을까?'

고스트의 고개가 휙 돌아갔다. 그의 눈동자는 불안하게 떨리고 있었다.

"수작 부리실 생각 마시오. 여차하면 길드장이고 뭐고 확 뒤집어 버리는 수가 있소."

특출한 능력은 정령사라고 해도 예외가 없었다. 아카드는 '아차' 하는 표정을 짓더니 자신의 속내를 감췄다.

'오호. 그 짧은 순간에 내 속내를 알아챘다? 정말 큰일 날 뻔했군.'

아카드가 자신의 속마음을 감추자마자 고스트의 눈도 평소처럼 돌아왔다.

"이제 저기까지 들키지 않고 가야 하오."

고스트가 뻗은 손가락 끝에는 사람 두세 명은 들어갈 것 같은 네모난 통이 있었다. 통 위에는 2층부터 9층까지 연결된 기다란 강철관이 있었다.

"저 관은 뭐지?"

"쓰레기 관입니다. 각 층의 쓰레기가 저 관을 통해 바닥에 있는 네모난 통에 담기지요."

"잠깐. 그러니까 네 말은 내가 저 쓰레기통 안으로 직접 들어가야 한다는 소리야?"

고스트는 당연하다는 듯이 고개를 끄덕였다.

"쓰레기는 위에서만 내려오는 것이 아닙니다. 쓰레기통 아래에 연결된 관을 통해 지하 건물의 쓰레기들이 올라옵니다. 저기 말고 제국은행 지하로 갈 수 있는 방법은 없습니다."

"하아."

아카드는 고개를 흔들었다. 순간적으로 '다 죽여 버리고 정문으로 들어갈까?' 라는 생각이 들 정도였다.

"아카드 님의 능력을 의심하는 것은 아닙니다만, 기사들을 다 때려눕히고 들어갈 생각은 버리시는 게 좋을 겁니다."

아카드는 순간 놀랐다. 고스트가 자신의 마음을 정확하게 읽어 낸 것이다.

"어떻게 내 속을 읽어 냈지?"

"쓰레기통에 들어가야 한다고 말하자마자 강하고 짜증스러운 기세가 확 올라오는 것을 느꼈습니다."

"내 기세만으로 생각을 예측했다?"

"정보를 분석하는 게 제·일인데 그 정도는 기본이지요."

이 녀석! 무조건 내 사람으로 만들어야겠다!

고스트를 향한 아카드의 욕심은 점점 더 커지고 있었다.

"어떻게 하실 겁니까? 다 때려 부수고 가시겠다면 저는 그만두겠습니다."

"내키지는 않지만 자네 말대로 하지."

아카드는 자신의 생각을 멈추고 고스트의 의견을 따랐다. 쓰레기통으로 가기 싫은 마음보다, 고스트를 좀 더 곁에 두고 능력을 살펴보고 싶은 욕심이 컸던 탓이다.

"그럼 제 뒤만 잘 따라오세요."

"그러지."

고스트를 따르는 아카드의 표정은 갖고 싶은 것을 따라가는 아이처럼 신나 보였다.

*   *   *

아카드와 고스트는 쓰레기통 바닥이 열리는 틈을 타 지하

1층에 도착했다. 그들은 도착하자마자 쓰레기 관을 통과할 때 입었던 로브를 벗어 보이지 않는 곳에 숨겨 두었다.

"생각보다 멀쩡한데?"

아카드가 본 제국은행 지하 1층은 생각보다 넓고 멀쩡했다. 넓고 긴 통로 양쪽은 여러 개의 방으로 구성되어 있었는데, 그곳이 바로 공포의 상징으로 불리는 제국은행 감사실인 듯했다.

몇몇 방에서는 죽어 가는 신음 소리가 들리고, 다른 방에서는 살이 타는 냄새와 함께 비명 소리도 흘러나왔다. 불이 꺼진 몇 개의 방이 있었는데, 그런 방문 앞에는 검은 자루가 놓여 있었다.

"저건 시체인가?"

"그렇습니다. 며칠간 은신해서 살펴본 결과, 고문받다가 죽으면 저런 식으로 시체를 자루에 담아 문밖으로 내놓더군요."

"여기에 갇힌 자들에 대해 알고 있나?"

"소문 못 들으셨습니까? 제국은행이나 대형 상단에 반기를 들면 시체도 못 찾는다는 소문이 자자하지 않습니까. 저도 처음에는 뜬금없는 소문이라 생각했는데 이곳에 와 보니 알겠더군요."

"제국은행장이 인물은 인물이야. 이런 짓을 대놓고 해도 들키지 않은 것을 보면 말이지. 그런데 지하 2층으로 내려가는 입구는 어디지?"

"저쪽입니다."

고스트가 어둠에 가려진 복도 끝을 가리켰다.

두 사람은 발소리를 줄이며 복도를 천천히 걸어갔다. 지나치는 방마다 고문으로 인해 고함 소리와 절규가 들려왔지만 상관하지 않고 목적지에 도착했다.

"여기가 2층으로 내려가는 입구입니다."

"흐음."

아카드는 입구를 보자마자 고개를 갸웃했다. 강철로 만들어진 벽 중앙에 문이 있다는 것은 알겠는데 문을 여는 손잡이가 보이지 않았다.

"안에 있는 사람이 열어 줘야 들어갈 수 있도록 설계되어 있습니다."

"어떻게 해야 열리는 거지?"

"제국은행 고위 간부만이 알고 있는 암호가 있습니다. 그 암호대로 정확하게 두들겨야 문이 열리는 방식입니다."

"암호는 알고 있나?"

"저야 모르지요."

고스트가 아카드의 시선을 회피하며 대답했다. 그러고는 양팔을 벌려 어깨를 살짝 들썩이더니 후련하다는 표정으로 말을 이었다.

"지하 2층으로 가는 입구까지 안내했으니 저는 이만 가 보도록 하겠습니다. 무사히 귀환하시길 기도하겠습니다."

말을 마친 고스트가 되돌아가려고 했다.

"지하 2층이 궁금하지 않아? 대륙 최고의 부자가 될 수도 있는데."

"아지트에서도 말씀드렸지만 목숨보다 소중한 건 없습니다. 그럼 이만."

"우리 집안이 해적인 거 잘 알지? 나비아산 와인을 어디서 본 거 같기도 하고."

"오늘 부로 술 끊으렵니다."

아카드가 슬쩍 던진 미끼에도 고스트의 결심은 확고했다.

"아무렴 술을 끊어야지. 엄한 제 목줄 끊을 수는 없잖습니까."

하지만, 아카드가 던진 미끼는 여기서 끝이 아니었다.

"아쉽군. 가문에서 일하는 시집 안 간 엘프족 아가씨에게 가져다주라고 할 생각이었는데."

"엘프족 아가씨?"

고스트가 눈을 부릅떴다.

엘프족 아가씨. 세상 모든 사내들의 꿈과 희망! 한데, 잘 만 하면 그게 꿈과 희망에 그치지 않고 고스트의 미래가 될 수도 있게 생겼다.

물론, 그 대가로 목숨을 걸어야 한다. 정신 나간 짓이다.

"술은 역시 나비아산 와인이죠!"

그러나 무릇 진짜 사내라면 한 번쯤 여자를 위해 목숨을 걸어야 하지 않겠는가!

적어도 고스트는 그렇게 굳게 믿었다.

＊　　＊　　＊

고스트가 아카드를 지나쳐 지하 2층으로 향하는 문 입구 옆에 섰다.

"길드장님을 구하러 여기 왔을 때 부은행장이 문을 두들기는 모습을 본 적이 있습니다. 문제는 문이 열린 이후입니다."

"말해."

"문이 열리자마자 네 명의 기사들이 나타날 겁니다. 그들이 비상종을 울리기 전에 처치하셔야 합니다."

"지키는 자들의 정체와 실력은?"

"정체는 알 수 없습니다. 한 번도 저곳에서 나온 적이 없으니까요. 확실한 것은 엄청난 실력자들이라는 겁니다. 이곳과 가장 먼 쓰레기 관에서 은신하고 있었는데도 걸릴 뻔했습니다."

"생각보다 그렇게 어렵진 않군. 그들만 빠르게 처리하면
되는 건가?"

"하나 더 있습니다. 어쩌면 가장 중요한 사항입니다."

"뭐지?"

"이 문이 열리는 시간은 30분입니다. 30분 안에 이 문을
닫지 않으면 온 사방에 비상종이 울리고 지하 전체가 폐쇄
됩니다. 그렇게 되면 5분 안에 제국은행 기사들이 달려올
것이고, 10분이 지나면 치안대까지 몰려올 겁니다."

"까다롭군."

아카드는 앞으로 다가가 강철 문을 만져보았다. 동시에
라그니스에게 이 문을 녹일 수 있냐고 물어보았지만 고개
를 흔들었다.

—마스터의 마나를 전부 다 쓴다고 해도 장담할 수 없
어. 상급 정령으로 진화하면 확실히 녹일 수 있는데.

아카드는 인상을 살짝 찌푸렸다. 어떤 변수가 튀어나올
지 모르는데 탈출할 수 있는 유일한 수단이 사라졌으니 난
감할 수밖에 없다.

고스트의 말에 따르면 6서클이 넘어가는 마도사의 공격
에도 끄떡하지 않는다고 했다. 무리를 하면 녹일 수는 있겠
지만 그동안 제국은행 기사들이 사방에서 몰려올 테니 실

패하면 끝장인 상황이다.

거기다가 혼자의 몸도 아니고 고스트까지 데려가야 하니 일이 잘못되면 빠져나가는 것이 두 배 이상 힘들다고 할 수 있다.

아카드는 잠시 눈을 감았다. 머릿속에서 실패했을 때 일어날 상황에 대해 곰곰이 생각하던 그는 결심했다는 표정으로 눈을 떴다.

"열어."

"시작하겠습니다."

고스트는 떨리는지 숨을 몇 번이나 깊게 내쉰 후 오른손을 강철 문을 향해 뻗었다. 그는 부은행장이 두들겼던 암호를 쉴 새 없이 중얼거렸다.

고스트의 떨리는 손이 드디어 강철 문에 닿았다. 강철에 닿은 그의 손에서 차가운 냉기가 사르르 전해진다.

'할 수 있어. 할 수 있어.'를 반복해서 중얼거리던 고스트가 아카드를 향해 몸을 획 돌렸다.

"혹시나 해서 드리는 말씀입니다만, 엘프 아가씨와 나비아산 포도주 확실하게 약속한 겁니다."

고스트의 엉뚱한 발언에 살짝 긴장했던 아카드가 피식 웃었다. 그는 고스트를 향해 고개를 끄덕이며 확실하게 못을 박았다.

"내 이름뿐만 아니라 모건 해적단의 이름을 걸고 약속하지."

아카드의 약속을 확인한 고스트가 어금니를 확 깨물고는 강철 문을 향해 양손을 뻗었다. 그러고는 부은행장이 했던 것처럼 똑같이 두들겨 대기 시작했다.

스르르르! 스르르륵!

굳게 닫혀 있던 강철 문 안쪽에서 누군가의 발소리와 함께 잠금장치를 돌리는 소리가 들려왔다.

그것을 바라보는 아카드의 눈빛이 예리해졌다. 이번 작전의 성패는 스피드에 달린 만큼 라그니스와 실리안을 미리 소환해 두었다.

"곧 열릴 겁니다."

옆에서 고스트가 시간을 재기 시작했다.

"셋, 둘, 하나. 지금입니다."

끼이이이익!

금속이 끌리는 기분 나쁜 소리와 함께 비밀의 문이 천천히 열리기 시작했다.

* * *

"이 시간에 부은행장님께서 어쩐 일이십……."

비밀 금고로 통하는 강철의 문이 열리며 기사 두 명이 나타났다. 오밤중에 부은행장이 방문하여 의아했는지 그중 한 명이 뭐라고 몇 마디 말을 했지만 끝을 맺지는 못했다.

화르륵!

라그니스의 양손에서 방출된 두 줄기의 새파란 불덩이가 빠른 속도로 두 기사의 이마를 관통했다. 두 줄기 새파란 불덩이는 기사들의 뒤통수에서 튀어나와 공중에서 방향을 선회하더니 라그니스의 손가락으로 스며들었다.

"왜 그렇게 서 있어? 내 정체가 정령사라는 건 이미 눈치챘잖아. 정신줄 놓지 말고 꽉 잡고 따라와."

"네…… 네엣."

고스트는 정보청 화재 사건을 분석하며 아카드가 마법사가 아니라는 것을 눈치챘다. 폭우 속에서 그렇게 큰 화재가 났다는 사실과 유일한 생존자인 아카드가 머리카락 하나 상하지 않았다는 것에 의심을 품고 조사를 시작했다.

자료들을 통해 아카드가 마법사가 아니라 정령사일지도 모른다고 결론을 내렸다. 하지만 직접 그 위력을 눈으로 확인하니 고스트의 입이 떡 벌어질 수밖에 없었다.

'고대 시대에 정령사가 일인 군단이었다고 하더니 장난 아니네.'

고스트는 정신을 차리고 아카드 뒤를 따라 지하 2층으로 향하는 계단을 내려갔다. 방금 죽은 두 명의 기사들이 거꾸러져 계단 아래에 볼썽사납게 쓰러져 있었지만 아카드는 신경도 쓰지 않는 눈치다.

"여기서부터 제국은행 비밀 금고란 말이지?"

아카드는 계단에서 내려오자마자 날카로운 눈으로 주위를 살폈다. 그가 서 있는 곳에서 정면과 좌우에 복도가 뻗어 있고, 지하 1층과 마찬가지로 복도 양옆에는 방들이 늘어서 있었다.

"누구냐!"

계단 아래로 뭔가가 굴러 떨어지는 소리를 들은 기사들이 모든 복도를 통해 와르르 쏟아져 나왔다. 기사들은 계단 쪽을 향해 달려오다가 그곳에 서 있는 낯선 두 인물을 발견했다.

설마 비밀 금고에 침입자가 있을 것이라고 예상하지 못했던 기사들이 허둥지둥 자신의 무기를 꺼내려던 순간이었다.

우우우우웅! 우우우우웅!

아카드가 양손을 들어 가리키자마자 라그니스와 실리안이 그들을 향해 달려갔다.

어디선가 몰려든 바람이 기사들 손에 있는 무기를 허공에 날려 버린 후, 기사들의 발을 묶어 버렸다. 기사들이 뭔가 이상하다고 느끼며 자신의 손과 발을 쳐다보려는 순간,

라그니스의 양손에서 수십 개의 노란 불덩이가 빛처럼 빠르게 쏟아졌다. 불길이 타오르는 소리가 복도를 울리는 가운데 불덩이들은 둔해진 기사들을 향해 날아갔다.

숫자가 많아지면서 화력이 약해지긴 했지만 실리안이 기사들의 발을 묶은 덕분에 불덩이들은 한 치의 오차도 없이 기사들의 이마를 관통했다.

기사들의 뒤통수로 튀어나온 수십 개의 불덩이들은 벽에 박히지도 않고 서로 충돌하지도 않은 채 방향을 급선회하며 라그니스의 품으로 돌아왔다.

지하 2층을 지키는 자들 중 살아 있는 자들은 네 명밖에 없었다. 각 조를 통솔하는 조장급 기사만이 혼란에 빠진 표정으로 그 자리에 굳어 버렸다.

"처리해."

아카드는 간단한 명령을 내리고는 방 안에 뭐가 들어 있는지 확인하기 위해 발걸음을 움직였다. 아카드의 말이 끝나기가 무섭게 라그니스는 강력한 화력의 푸른색 불덩이 네 개를 공중에 띄운 후, 남아 있는 기사들에게 발사했다.

아카드가 네 명의 기사에게 도착하기도 전에 그들은 둔탁한 소리를 내며 쓰러졌다.

"이제 25분 남았다. 혼자 길 잃으면 버리고 갈 거니까 알아서 해."

“아카드 님, 같이 가요.”

얼빠진 표정으로 정령들의 활약을 본 고스트는 고개를 흔들며 아카드 뒤에 따라붙었다.

＊　　　＊　　　＊

첫 번째 방의 문을 연 아카드는 잠시 말문이 막혔다. 이곳이 제국은행 본점인 만큼 어마어마한 재물이 있을 것이라고 예측은 했지만 실체를 확인하니 멍한 기분이 들었다.

방 전체에 금화가 가득 차 있었다. 은화 같은 것은 존재하지도 않았다. 방 전체가 금화로 빽빽하게 차 있었다.

“이게 도대체 얼마야? 어마무시합니다.”

고스트는 금화의 바다 속으로 자신의 몸을 던졌다. 얼마나 행복해 보이는지 세상을 다 가진 듯한 표정이다.

“금화 따위 챙길 시간 없어. 나와.”

“잠시만요.”

아카드가 냉정하게 나가 버리자 고스트는 바지 주머니에 금화를 주섬주섬 챙기며 아카드를 따라나섰다.

대부분의 방들에 노틸러스 제국 금화뿐만 아니라 타국의 금화까지 가득 차 있었다.

아카드가 확인하지 못한 문은 두 개.

제일 끝에 남아 있는 두 개의 방들 중 오른쪽 방의 문이 열리자마자 두 사람은 눈을 가렸다. 온갖 보석들과 보물들이 내뿜는 빛으로 인해 눈이 부실 정도였다.

"내가 미쳤지. 이런 걸 놔두고 금화 따위에 욕심을 냈다니."

고스트는 갑자기 자신의 바지를 벗더니 탈탈 털었다. 그러자 뒤집어진 바지 속에서 금화들이 우수수 떨어졌다.

"역시 남자는 한 방이지. 으흐흐흐."

고스트는 점프하며 산처럼 쌓인 보석의 바다 속을 헤집고 다니기 시작했다. 아카드는 그의 모습을 보며 고개를 흔들었다.

아카드가 남은 마지막 방을 향해 가려고 할 때 선반 위에 놓여 있는 보석함 하나가 눈에 들어왔다. 녹색 에메랄드가 박혀 있는 미스릴 목걸이다.

아카드는 자신도 모르게 목걸이를 향해 다가갔다. 레드 벨벳 보석함 속에서 에메랄드가 광채를 뿜으며 그의 시선을 사로잡았다.

"왜 속였냐고 따져도 모자랄 판국에 뭐하는 짓이지?"

에메랄드를 조심스럽게 어루만지던 아카드가 갑자기 고개를 세차게 흔들었다. 유리처럼 맑은 녹색 에메랄드를 보니 자신도 모르게 생각하기도 싫은 여학생 하나가 떠올랐다.

"정신 차리자. 그 여자는 아버지를 그렇게 만든 적이야."

아카드는 거칠게 보석함을 닫아 버렸다. 그는 화가 난 얼굴로 고스트를 남겨 두고는 마지막 방으로 향했다.

쾅!

아카드는 상기된 표정으로 자신도 모르게 문을 세게 밀었다. 그러고는 생각과 다르게 너무 허전한 내부의 모습에 의아한 표정을 지었다.

마지막 방은 지금까지 거쳐 왔던 방들의 모습과 너무나 달랐다. 보물이라고 할 만한 것들은 하나도 보이지 않았다.

중앙에는 커다란 관짝 하나가 놓여 있고 벽 쪽 선반에는 서류들이 차곡차곡 쌓여 있었다.

"비밀 서류들인가?"

아카드는 서류 봉투 겉면만 살펴보았다. 다 살펴보기에는 남아 있는 시간이 촉박했기에 내용까지 살펴볼 수가 없었다.

"진짜 보물은 여기 있었군!"

아카드는 봉투 겉면만 살펴보다가 환호성을 질렀다.

마지막 방에 있는 서류들은 금화와 보석에 비해 터무니없이 하찮아 보였다. 하지만 봉투 안에 들어 있는 내용물이야말로 금화와 보물을 다 합친 것보다 몇 배 이상의 가치를 지닌 것들이다.

각국의 국채는 물론이고 무기명 채권과 대형 상단의 지분 계약서까지 놓여 있었다. 무엇보다 아카드의 관심을 끈 것은 한 권의 보고서였다.

아카데미 교재처럼 보이는 책 안에는 노틸러스 제국뿐만 아니라 타국의 황실과 중앙 귀족들의 약점이 증거와 함께 세세하게 기록되어 있었다.

그것뿐만이 아니었다.

밑에 놓여 있는 보고서에는 제국은행에 협조하는 인물들과 적대하는 인물들에 관한 내용들이 자세하게 나와 있었다.

"이거다!"

아카드는 방 안에 있는 봉투들을 챙기기 시작했다. 선반에 있는 것들을 꺼내 중앙에 있는 관 위에 올려놓으니 혼자 들고 가는 것은 힘들어 보였다.

"고스트. 이리 와."

아카드의 목소리에 고스트가 만면에 웃음을 띠며 다가왔다. 고스트의 모습을 본 아카드가 오른손으로 이마를 만지며 한숨을 쉬었다.

옷 속에 보석들을 쑤셔 넣은 것으로도 모자라 양팔과 발목에도 귀금속이 주렁주렁 매달려 있었다.

"필요 없는 보석들은 다 버리고 이 서류들 챙겨."

"농담이 심하십니다. 이게 얼마짜린데 버립니까? 절대 못 버립니다."

고스트가 처음으로 바락바락 대들었다. 일생에 한 번도 오지 않을 기회를 버리라고 하니 눈이 뒤집힌 것이다.

"내 말이 농담처럼 들리나?"

아카드의 목소리가 차갑게 가라앉았다. 동시에 아카드의 손에서 파란 불덩이가 피어올랐다.

'농담이 아니야. 날 죽이려고 한다.'

고스트는 아카드가 뿜어내는 기세가 기사들을 죽일 때와 별반 다르지 않다는 것을 본능적으로 알아챘다. 그는 관 위에 있는 서류들을 자신의 옷에 구겨 넣기 시작했다.

'아이고. 저 보석 하나가 얼마짜린데.'

서류를 넣을 때마다 고스트가 입은 바지 아래로 보석들이 흘러내렸다. 보석이 바닥에 우수수 떨어질 때마다 가슴이 찢겨 나가는 것 같았다.

아카드와 고스트는 품 안에 모든 서류들을 챙겨 넣었다. 이곳에 처음 도착했을 때와 달리 두 사람의 몸은 빵빵하게 부풀어 올랐다.

"얼마 남았지?"

"에휴, 10분 정도 남았습니다."

고스트는 땅이 꺼지도록 한숨을 뱉었다. 그의 눈이 바닥에 떨어진 보석들에서 떨어질 줄을 몰랐다.

"아직 여유가 있군."

아카드의 눈이 관으로 향했다. 제국은행 비밀 금고에 무덤에나 필요할 관이 있다는 것은 도대체가 어울리지 않았다.

"열어 봐. 두 번 말 시키지 말고."

"네."

고스트는 세상에서 가장 불행한 표정을 지으며 관 뚜껑을 밀었다. 관 안에는 거무튀튀한 구슬이 모서리마다 하나씩 놓여 있었고, 중앙에는 쭈글쭈글한 노인이 고통스러운 표정으로 누워 있었다.

"누굴까?"

"그러게 말입니다. 비밀 금고에 관을 놔둘 정도면 평범한 사람이 아닌 것 같습니다."

아카드는 안쪽을 살펴보다가 모서리에 놓여 있는 검은 구슬을 발견했다. 그는 마음에 들지 않는다는 표정으로 검은 구슬 네 개 모두를 주먹으로 부숴 버렸다.

끼이이이익!

구슬이 깨지자마자 그 속에서 검은 연기가 천장을 향해 피어올랐다. 순간 오싹한 괴성이 울려 퍼지더니 연기가 공중으로 흩어져 버렸다.

"갑자기 숨을 쉬는데요? 살아 있는 것 같습니다."

"시간은 얼마나 남았지?"

"3분 남았습니다."

고스트의 다급한 목소리에 아카드는 잠시 고민을 했다. 데려갈 것인지 말 것인지 잠시 고민하던 아카드는 결심한 표정으로 고스트에게 명령을 내렸다.

"업고 뛴다."

"제가 말입니까?"

"두 번 말 시키지 말랬지? 대신 확실하게 소개시켜 준다."

고스트는 오만상을 찌푸리더니 인물을 업고 출구를 향해 미친 듯이 뛰기 시작했다.

"더 빨리! 서둘러!"

"아이고, 아까운 내 보석."

정체 모를 노인을 업고 뛰는 고스트의 두 눈에서 구슬만한 눈물이 떨어지고 있었다.

Chapter 8.
아카데미 조합 창설

　"준비는 다 됐겠지?"

　제국 아카데미 강당 안에서 학생회 소속 학생들이 분주하게 움직이고 있었다. 강당 의자 하나하나에 따뜻한 차와 다과들이 놓여 있었다.

　여학생들은 주름이 진 치마를 탁탁 펴고, 남학생들은 넥타이를 똑바로 매며 옷차림에도 철저하게 신경 쓰고 있는 모습이다.

　신입생이지만 제국 아카데미 학생회장 선거에서 당당히 선출된 폴과 그 곁에 있는 안나가 걱정스러운 표정으로 강당을 둘러보았다.

"선배님. 정말 이 일이 성공할 수 있을까요?"

"에레나의 머릿속에서 나온 계책이니 성공시켜 봐야지."

폴은 학생회장이 가지고 있는 권리를 행사해 긴급 학생 회의를 열었다. 학생회는 일주일 전부터 전교생에게 학생 회의가 열린다는 사실을 고지하고 안건에 대해 설명했다.

주 안건은 학생조합을 세우기 위한 것이었다. 세부 안건 으로는 역모죄로 제국에 환수된 A&M 투자상단을 학생들 의 모금으로 사들이자는 것이다.

일개 학생들이 상단을 사들인다고 하면 말도 안 되는 일 이라고 손사래를 칠지도 모른다. 그러나 가장 시급한 문제 인 자금은 어느 정도 모인 상태였다.

곧 있을 A&M 투자상단 입찰에 참가하기 위한 입찰 보증 금은 마련한 상태다. 돈의 출처는 에레나 친구들의 부모님. 그들은 자식을 믿고 돈을 마련해 주었다.

케리, 안나, 피오라, 제이나 부모님들이 워낙 각 분야에 서 유명한 분들이라 딸들의 부탁에 선뜻 돈을 빌려 주신 것 이다.

케리의 아버지인 궁내청장 어시스트 경이 만 골드.

제이나의 아버지인 에레슈케갈 마법공학 연구소장이 만 골드.

안나의 아버지인 수도 치안감 루터 경이 오천 골드.

피오라의 아버지인 립톤 상단주가 오천 골드.

에레나가 천 골드.

이렇게 해서 지금까지 총 삼만 천 골드가 모였다.

제국 재무부에서 파견된 자산 평가사는 A&M 투자상단의 가치가 십만 골드라고 평가했다. 건물이나 맥주 공장과 같은 부동산까지 모두 포함한 가치였다.

아카드가 쏟아 부은 돈이 백만 골드 이상인 것을 감안하면 터무니없는 가격이다. A&M 투자상단이 보유한 티스 상단의 지분만 팔아도 오십만 골드는 너끈히 받아 낼 수 있었다.

재무부 직원이 A&M 투자상단의 가치를 평가한 것을 두고 말들이 많았다. 특히 상단 지구에서는 '제국은행이 A&M 투자상단에게 피해를 입은 4대 상단에게 보상 차원으로 넘기려고 한다.'라는 소문이 자자했다.

"그 덕에 우리가 입찰할 수 있었으니 다행이지, 뭐."

A&M 투자상단의 평가액이 낮아진 덕분에 평가액의 1/3에 해당하는 삼만 사천 골드를 재무부에 제출하면 누구나 입찰에 참여할 수 있었다.

"나머지 금액이 문제입니다. 칠만 골드를 어떻게 구할지, 또 칠만 골드를 구했다고 해도 입찰을 따낼 수 있을지 걱정입니다. 상단가에서는 4대 상단 중 하나인 스탠 상단이 낙찰받을 것이라는 소문이 파다하던데……."

"사내자식이 무슨 걱정이 그렇게 많아. 일단 눈앞에 닥친 일부터 처리해 보자고."

안나가 폴의 등을 툭 치며 앞으로 밀었다. 두 사람이 강당에 올라가 회의에 참석한 학생들에게 나눠 줄 자료들을 넘기며 부족한 점은 없는지 살펴보고 있을 때였다.

'쾅!' 하는 소리와 함께 강당의 문이 열리며 오렌지 긴 생머리가 눈에 띄는 여학생 하나가 거친 숨을 내쉬며 달려왔다.

"큰일 났어요. 큰일 났어요. 이 일을 어떻게 해요?"

"케리야, 강당 무너지겠다. 무슨 일이야?"

얼마나 급하게 뛰어왔는지 케리는 강당에 도착하자마자 허리를 숙이고 가쁜 숨을 진정시켰다. 고개를 든 그녀는 안나를 향해 울먹이며 말을 꺼냈다.

"회의 시간이 10분밖에 남지 않았는데 주변에 학생들이 하나도 없어요."

"그게 무슨 소리야?"

또다시 '쾅!' 하는 소리와 함께 피오라와 제이나가 강당 안으로 달려와 종이 하나를 내밀었다.

"큰일이야. 어떻게 하지?"

안나와 폴은 두 친구가 전해 준 전단지를 보며 두 눈이 커졌다. 특히 폴의 안색은 심각할 정도로 새파래졌다.

제국 아카데미 학생들을 위한 투자 설명회.

제국 아카데미 선배들과 함께하는 청년 부자 만들기 세미
나.

장소: 제국은행 본점 세미나실.

안나가 믿을 수 없다는 표정으로 뛰쳐나갔다. 학생회장
폴도 안나의 뒤를 따랐다.

"하아, 이럴 수는 없어."

안나가 멍한 눈빛으로 눈앞에 펼쳐진 교정을 바라보았
다. 신학기가 시작되고 북적거려야 할 교내가 거짓말처럼
텅 비었다.

"선배. 너무 실망하지 말아요."

태평한 폴의 태도에 안나가 소리를 빽 하고 질렀다.

"넌 지금 상황에서 그런 말이 나오니! 분하지도 않아?"

"분하지 않아요."

"뭐?"

폴은 황당하게 자신을 쳐다보는 안나를 향해 편안하게

말했다.

"어떤 친구가 저에게 이렇게 말했거든요. 세상에 할 수 없는 일은 없다고. 시도하지 않거나 방법을 모를 뿐이지 불가능한 일은 없대요."

"어떤 바보가 그런 소릴 해?"

"글쎄요."

폴이 빨갛게 물든 노을을 바라보았다. 그의 눈동자에는 아련한 그리움이 가득 차 있었다.

"오늘따라 그 친구가 보고 싶네요. 그 친구도 자신에게 닥친 시련을 잘 이겨 내고 있겠죠?"

*　　　*　　　*

제국은행 꼭대기 층 은행장실에는 무겁고 어두운 침묵이 오랫동안 흐르고 있었다.

실내에는 소로스 은행장을 비롯해 4대 상단주들 중 남은 두 명과 부은행장이 앉아 있었다.

그들은 방금 전 비밀 금고를 살피러 간 부은행장을 통해 비밀 금고가 털렸다는 충격적인 소식을 들었고, 한 시간 동안 대책 회의를 나눴다. 그러나 별다른 해결책 없이 대화가 중지되면서 끝없는 침묵 속으로 빠져들었다.

제국은행이 창설된 이후 각 왕국들의 경제를 갉아먹으며 얻어 낸 성과물들이 한순간에 증발해 버렸다. 더 큰 문제는 각국 주요 인사들의 비리와 약점이 적힌 보고서가 사라졌다는 것이다.

그것이 세상에 밝혀지기라도 한다면 그동안 공들여 쌓아 올렸던 제국은행의 명성과 지배력이 순식간에 사라진다. 도리어 각국의 지배자들에게 역풍을 맞는 최악의 상황이 벌어질 수도 있었다.

"은행장님, 이러고 있을 상황이 아닙니다. 뭔가 대책을 세워야 합니다."

광물시장을 지배하고 있는 스탠 상단 상단주 데이비슨이 상기된 얼굴로 은행장을 바라보았다.

"노스 상단주. 옆에서 뭐라고 말 좀 해 보십시오. 지금 가만히 있어서 해결될 문제가 아니지 않습니까."

데이비슨 상단주가 맞은편에 앉은 여성에게 답답함을 호소했다. 데이비슨 상단주가 호소하는 여성은 무기시장을 좌지우지하는 그루먼 상단의 주인 노스 상단주였다.

항상 미소 지으며 그늘이라고는 없는 상냥한 모습의 그녀지만, 제국은행이 털렸다는 보고를 들은 이후부터 웃음을 잃었다.

"조용히 하시지요."

노스 상단주가 차갑게 대답했다.

"지금 조용하게 생겼습니까! 모르는 놈이 나타나 지분 계약서라도 내밀면 우리가 평생을 바친 상단을 빼앗기게 생겼는데."

"조용히 하라고 하지 않습니까."

노스 상단주가 평소와는 180도 달라진 모습으로 데이비슨 상단주에게 경고했다. 그녀의 얼굴은 한겨울의 얼음처럼 차가운 냉기를 뿜고 있었다.

노스 상단주는 소로스 은행장의 얼굴을 조심스럽게 살폈다. 자신과 데이비슨 상단주 사이에 큰 목소리가 오가는데도 소로스 은행장은 딴생각에 빠져 있었다.

그녀는 이 상황에도 다른 생각에 빠져 있는 은행장의 모습을 보며 자신이 모르는 뭔가가 더 있다는 것을 확신했다.

"은행장님. 혹시 저희가 더 알아야 할 일이라도 있는지요?"

노스 상단주는 은행장의 심기를 거스르지 않으려고 조심스럽게 물었다. 데이비슨 상단주가 애타게 찾을 때는 모른 체하던 소로스 은행장이 천천히 고개를 들었다.

"지금부터 두 사람은 동원할 수 있는 모든 인력을 동원해 한 사람을 찾아라."

"도둑을 잡을 생각이시오? 뭔가 흔적이라도 발견한 겁니까?"

데이비슨 상단주가 은행장을 바라보며 물었다.

"아니, 다른 사람이다. 아주 잘 알려진 사람이지."

"그게 누굽니까?"

소로스 은행장은 화를 억누르며 천천히 입을 열었다.

"진 제국 특사. 세뇌시키기 위해 비밀 금고에 가뒀던 특사가 사라졌다."

*　　　*　　　*

제국은행이 털린 지 일주일 후.

야심한 시각에 신시가지에서 출발한 택시 한 대가 구시가지로 향하고 있었다.

한참을 달리던 택시가 불법 이민자들이 모여 사는 구역 앞에서 멈췄다.

"손님, 도착했습니다."

"여기가 불법 이민자들이 모여 산다는 곳인가?"

"그렇습니다요. 워낙 험한 구역이라 조심하셔야 할 겁니다."

택시 기사는 마차에 탄 노인을 향해 걱정스러운 표정으로 말했다. 요금을 계산한 노인이 내리자마자 택시는 재빨리 자리를 떴다.

"레이놀드 총장님 되십니까?"

택시가 떠난 자리에 날카로운 인상의 사내들이 나타났다. 그들은 조심스럽게 총장을 살피며 다가왔다.

"그러네만. 자네들은 누군가."

"검은 상인님을 모시는 카샴이라고 합니다. 총장님을 정중히 모셔 오라는 명령을 받았습니다."

"그런가? 앞장서게."

레이놀드 총장 앞에 나타난 남자는 제르가 대장으로 있는 길드의 부길드장 카샴이었다. 그는 정중한 태도로 총장에게 고개를 숙이고는 아지트로 안내했다.

꾸불꾸불한 골목들을 지나 허름한 건물에 도착할 때까지 총장의 표정은 불편해 보였다. 하지만 허름한 건물 속에 숨겨진 지하 아지트에 도착하자 레이놀드는 신기한 표정으로 주변을 둘러보았다.

"제국 수도에 이런 곳이 있었다니. 신기하네그려."

"이쪽으로 오시면 됩니다."

카샴은 레이놀드 총장을 길드 회의실로 안내했다.

"저곳입니다. 들어가시지요."

"나 혼자 들어가면 되는 건가?"

"그렇습니다. 기다리고 계실 겁니다."

문을 열고 들어섰을 때 방 안은 온통 어둠으로 가득 차 있었다. 검은 커튼으로 가로막힌 창문은 한 줄기의 빛도 허락하지 않았다.

"이 자식이 노인네 놀리는 것도 아니고 뭐하는 짓이야."

레이놀드 총장은 높은 경지에 이른 마도사다. 그가 못마땅한 표정으로 오른쪽 손바닥을 펴자마자 작은 불꽃 하나가 둥둥 떠올랐다.

"아이고, 깜짝이야. 노인네 간 떨어지겠네."

아무도 없다고 생각한 방에 사람 하나가 앉아 있었다. 흐트러진 잿빛 머리카락에 얼굴에는 지저분한 수염이 가득한 사내가 방 중앙 탁자 위에 떡하니 걸터앉아 레이놀드 총장을 바라보고 있었다.

"누구냐, 넌?"

"처음 뵙겠습니다. 검은 상인이라고 합니다. 아악!"

사내의 이름은 고스트.

아카드의 명령을 받고 총장 앞에서 검은 상인인 척 연기를 했다. 그런데 말이 끝나기도 전에 두들겨 패는 것이 아닌가.

"그만 때리세요. 이래 봬도 명색이 길드장이 될 몸인데 너무하는 거 아닙니까?"

레이놀드 총장은 양손으로 얼굴을 가린 고스트를 향해

협박했다.

"1분 준다. 얼른 가서 진짜 검은 상인 데리고 와라. 한 번만 더 장난치면 네놈들 아지트에 메테오가 떨어지는 것을 보게 될 거야. 얼른 진짜를 데려와!"

총장의 손바닥 위에 떠 있던 작은 불꽃이 점점 커지기 시작했다. 계란만 하던 불꽃은 지붕을 뚫어 버릴 기세로 점점 커져 갔다.

"그만 괴롭히십시오. 아카데미 총장이나 되시는 분이 약한 사람 협박하면 되겠습니까?"

갑자기 문이 열리며 총장의 귀에 익숙한 목소리가 들려왔다. 고개를 돌려 보니 총장이 기다리는 진짜 검은 상인이 나타났다.

"고얀 놈! 제국에 있었으면서 어떻게 연락 한 통 없을 수가 있느냐."

"저를 너무 과대평가하시는 거 아닙니까? 도망자 주제에 어떻게 연락을 드리겠습니까?"

레이놀드 총장은 아카드의 대답을 듣자마자 코웃음 쳤다. 연락 안 한 것에 대해 단단히 삐진 모양이다.

"과대평가 좋아하시네. 네놈을 과소평가했다가 뒤통수 맞은 게 몇 번인데."

"그동안 건강하셨습니까?"

"흥!"

어린아이 같은 총장의 모습에 아카드는 미소를 지으며 자리를 권했다.

"앉으시지요. 소개드릴 분이 있습니다."

"도망자 주제에 나 빼놓고 만날 사람은 다 만나고 다닌 모양이군. 좋다, 얼마나 대단한 사람을 소개시켜 주려고 그러는지 한번 보자!"

레이놀드 총장은 의자에 삐딱하게 앉으며 고개를 돌렸다.

밖으로 나간 아카드가 왜소한 체구의 사람 하나를 데려왔다. 검은 로브로 얼굴을 가린 인물은 몸이 불편한지 거친 숨을 연신 내쉬며 아카드의 부축을 받아 겨우 의자에 앉았다.

"인사하십시오. 이쪽은 진 제국 특사 하륜 공이라고 합니다."

의자 뒤에 서 있던 아카드가 앞에 앉아 있는 인물을 소개하며 천천히 얼굴을 공개했다.

맞은편에 앉아 있던 레이놀드 총장은 너무나 놀라 양손을 부들부들 떨기 시작했다

* * *

아카드와 레이놀드 총장은 아지트 밖으로 나왔다. 바깥에는 길드를 통해서 미리 호출한 택시 한 대가 레이놀드 총장을 기다리고 있었다.

"하여튼 네놈은 사람 만날 때마다 놀라게 만드는 재주가 있구나."

"은근히 바라시는 것 같은데요. 앞으로 놀랄 일이 더 많을 겁니다. 기대하십시오."

아카드의 대답에 레이놀드 총장은 너털웃음을 지으며 마차에 올랐다. 마차 안에는 검은 로브로 몸을 가린 진 제국 특사가 먼저 앉아 있었다.

"오냐. 특사님은 내가 책임지고 진 제국으로 보내드릴 테니 너무 걱정하지 말거라."

"총장님만 믿겠습니다."

마차에 오르던 레이놀드 총장이 갑자기 마차에서 내렸다.

"나도 네놈 부탁을 들어줬으니 네놈도 내 부탁 하나 들어줘야겠다."

"순서가 바뀐 거 같습니다. 이 일은 제가 감사를 받아야 할 입장인 거 같은데요."

"몰라! 몰라! 네놈이 나를 여기까지 불렀으니 부탁한 거지, 안 그래?"

총장은 바락바락 우기며 억지 주장을 펼쳤다. 그러고는 아카데미 학생회에서 하려고 하는 조합 문제를 꺼내 들었다.

"그러니까 저보고 학생회에서 조합을 만들 수 있게 도와 달라는 말씀입니까?"

"네놈이 폴이라는 녀석을 회장으로 만들었으니 사후 관리까지 책임져야지. 상인이라는 녀석이 기본적인 상식조차 없어서야 되겠냐."

총장은 어이없는 표정을 짓는 아카드의 모습을 보며 속으로 쾌재를 불렀다.

'역시 이 무뚝뚝한 녀석은 놀려야 제맛이야.'

총장은 아카드의 대답을 받아내기 위해 재촉했다.

"어떻게 할 테냐. 학생회를 도와줄 테냐?"

"원래 아카데미 내에서 상행위하는 걸 싫어하지 않으셨습니까?"

"학생조합이 어찌 상거래라 할 수 있겠느냐. 학생들은 싸고 저렴하게 음식을 사 먹을 수 있으니 좋고, 농부들은 제값을 받을 수 있으니 좋고, 서로 상부상조하는 거지. 거기다가 조합에서 발생한 수익은 장학금과 조합에 참여한 학생들에게 공정하게 배분한다고 하니 이 얼마나 좋은 일이냐."

아카드는 상단을 우습게 생각하는 총장을 보며 고개를 흔들었다.

자신이 도와준다고 해도 상단을 운영하는 것은 학생이 할 수 있는 일이 아니다. 자연적인 변수와 인위적인 변수 모두를 고려해도 수익을 내기 힘든 것이 상단이다.

하지만 이 모든 것을 총장에게 설명하기에는 주어진 시간이 너무 짧았다. 또한 설명한다고 해도 평생 마법과 순수 학문에만 매진한 분이 알아듣는다는 보장도 없었다.

"좋습니다. 조합 창설까지는 도와드리지요. 대신 저도 부탁이 있습니다."

"뭐냐? 들어줄 수 있는 건 들어주마."

"원로원 대신 한 명만 소개시켜 주십시오."

*   *   *

원로원 회의가 열리기 일주일 전.

레이놀드 총장에게 연락을 받은 아카드가 움직이기 시작했다. 그는 사람들의 왕래가 적고 의심받지 않을 곳을 물색하다가 적절한 장소를 발견했다.

"마스터는 왜 저를 잡아먹지 못해서 난리냐고요!"

아카드가 점찍은 장소는 토마스가 사장으로 있는 서점이었다. 토마스는 저녁 7시부터 셔터를 닫으라는 아카드의 명령에 펄쩍 뛰었다.

"지금이 막 한정판이 쏟아지는 시즌인데, 저보고 일찍 문 닫으라는 건 죽으란 소리 아닙니까."

"손해는 배상할 테니 그만 징징거리지?"

"제가 돈 때문에 이러는 거 같습니까? 지금 한정판을 목 빠지게 기다리는 단골들이 얼마나 많은데요. 그 시간에 문 닫으면 고생해서 모은 단골들 다 빠져나갑니다."

아카드는 징징대는 토마스에게 종이 하나를 던졌다. 제국은행 비밀 금고에서 가지고 나온 만 골드짜리 무기명 채권이다.

"헉!"

툴툴거리며 뭔가 싶어 종이를 살펴보던 토마스의 눈이 왕방울만 하게 커졌다.

"만족하냐?"

"충성을 다하겠습니다. '여기가 내 집이다.'라고 생각하시고 마음껏 애용해 주십시오."

역시 토마스의 태세 변환은 빛보다 빨랐다.

"금방 손님 올 테니까 셔터 내려."

"네, 네. 금방 내려야죠. 그런데 마스터, 도대체 누구와 만나시기에 여기서 약속을 잡으셨습니까?"

"재무부 대신."

"헉! 재무부 대신이요? 그 정도 거물이 이런 누추한 곳에 오신답니까?"

"와야 할 거야. 누구 부탁인데."

얼마 시간이 지나지 않아 아카드의 말대로 재무대신 골드만 백작이 찾아왔다. 그는 좁은 책 사이를 지나 아카드가 있는 탁자로 다가왔다.

"자네가 검은 상인인가?"

"검은 상인이라고 합니다. 자리에 앉으시지요."

아카드가 고개를 들어 골드만 백작을 쳐다보았다. 백작은 아카드의 얼굴을 보자마자 부들부들 떨며 소리를 쳤다.

"너는 모건 백작의 아들이 아니냐! 네놈이 어찌?"

"지금은 검은 상인의 신분으로 왔으니 자리에 앉으시지요."

"필요 없다! 오늘은 총장님의 얼굴을 봐서 신고하지는 않겠지만 다음에 만나면 목숨을 각오해야 할 것이야."

골드만 백작은 자리를 박차고 일어났다.

"신고하면 곤란한 사람은 제가 아니라 백작님이 될 겁니다."

아카드는 품속에서 책 한 권을 꺼내 백작 앞에 내밀었다.

아카드가 백작을 향해 씨익 웃었다.

골드만 백작은 갑자기 섬뜩함을 느꼈다. 도망자의 웃음치고는 너무나 여유로워 보였다. 그는 무의식중에 아카드가 내민 책을 받아들였다.

"나를 놀린 것이라면 아무리 총장님의 소개라고 할지라도 각오해야 할 것이야."

골드만 백작은 책장을 펼쳤다.

얼핏 보기에는 인명사전처럼 보였다.

제국 공직에 있는 공무원들의 인적 사항과 신분 내력이 자세히 기록되어 있었다. 별 대수롭지 않게 생각하던 백작의 얼굴이 경악스럽게 바뀐 것은 순식간이었다.

"이, 이것이 어떻게?"

책 안에는 자신의 이름도 적혀 있었다.

단순히 신상에 대해서만 적혀 있는 것이 아니었다. 그 속에는 누구에게 뇌물을 받았고, 그 대가로 뭘 해 줬는지에 대해 상세하게 적혀 있었다.

재무대신의 지위를 남용해 뇌물을 바친 자에게 인허가를 내주고 편의를 봐 준 것과 개발 구역 예정지의 땅을 미리 사들여 투기한 것, 뇌물을 바친 자의 자식을 공무원 시험에 합격시켜 준 일들까지 빠짐없이 열거되어 있었다.

심지어 자신이 기억나지 않는 비리들까지 적혀 있을 정도였다.

"이건 모함이다. 감히 역모를 저지른 죄인 주제에 이딴 거짓 증거를 꾸며 나를 협박하려 드는 것이냐?"

골드만 백작은 거짓 증거라고 소리치며 일단 모든 혐의를 부정하였다.

"거짓 증거라······."

아카드는 말을 흐리더니 갑자기 백작 앞에 있는 책을 덮고는 손가락으로 표지를 가리켰다.

"이 책을 누가 작성했을까요?"

"어······ 어?"

골드만 백작의 이마에 땀이 송골송골 맺혔다.

책 표지에는 '극비 문서'라는 이름과 함께 제국은행의 이름이 적혀 있는 게 아닌가.

"역모죄를 뒤집어쓴 제가 만들었다면 사람들이 거짓 증거라고 생각할 수도 있겠지요. 하지만 제국은행에서 이 책을 만들었다고 하면 사람들이 백작님의 말을 믿어 줄까요?"

"닥쳐라! 이놈! 제국은행에서 이런 것을 만들 리가 없다. 지금 원로원과 제국은행을 이간질하려고 하느냐!"

말과는 달리 골드만 백작 머릿속에는 제국은행에 대한

불신의 씨앗이 자라나고 있었다. 갑자기 잊고 있었던 기억 하나가 떠올랐다.

"소로스 은행장은 대단한 야심가요. 그러니 항상 그를 경계해야 할 것이오."

10년 전, 지금은 식물인간이 된 클라우스 공작과 나눴던 이야기가 떠올랐다. 골드만 백작이 재무대신으로 임명된 후 클라우스 공작과의 독대에서 나눴던 대화 내용이다.

골드만 백작은 그제야 손을 떨기 시작했다. 제국은행장에 대한 분노와 이 책이 알려졌을 때 자신에게 닥칠 후폭풍이 두려움으로 다가온 것이다.

"이 책이 황실에 흘러간다면 어떻게 될까요?"

아카드는 책을 자신의 품에 넣으며 능청스럽게 말했다.

"이보게, 아카드 군! 내 말에 기분이 상했다면 용서하게. 원하는 것이라도 있나? 내가 할 수 있는 일이라면 다 들어 주겠네."

골드만 백작은 아카드의 품속으로 들어가려는 책을 붙잡았다.

어느새 그의 말투는 처음 큰소리쳤을 때와는 달리 고분고분해졌다.

"표정 푸세요. 설마 중앙 귀족이었던 제가 황실에 이 책을 넘길 리가 있겠습니까? 대신……."

아카드는 능청스럽게 말했다.

"대신? 말하게. 무슨 부탁이라도 들어주지."

골드만 백작은 바싹 달아올랐는지 아카드가 말을 흐리자마자 얼른 대답했다.

"두 가지 부탁을 드리겠습니다."

"뭔가? 답답하니 얼른 말하게."

"이번 화폐개혁법이 부결될 수 있도록 힘 좀 써 주십시오."

"끙!"

골드만 백작은 어깨를 축 늘어뜨렸다. 한마디로 자신이 원로원 의원들을 설득해 화폐개혁법에 반대표를 던지게 만들라는 말이었다.

"다른 건 다 들어주겠지만 그것은 불가능하네. 이번에 제국은행에서 발행한 피라미드 상품에 원로원 의원들의 재산도 걸려 있어서 말이야. 내가 설득해도 먹혀들지 않을 거야."

제국은행에서 피라미드 상품이 출시된 이후, 원로원 의원들은 소로스 은행장에게 반쯤 노예가 된 상태였다. 원금의 몇 배를 불려 준다는 은행장의 말에 원로원 의원들은 동원할 수 있는 모든 현금을 쏟아부은 상태다.

지금 원로원 의원들은 제국은행이 흥해야 자신의 재산도 늘어날 거라고 철석같이 믿고 있는 상태다. 몇몇 의원들은 오늘 당장에라도 긴급회의를 열어 화폐개혁법을 통과시키자는 말을 할 정도다.

이런 상황에서 재무대신이 화폐개혁법을 반대하자고 하면 어떻게 될까? 힘들게 올라온 이인자의 위치에서 낙마하는 것은 물론이고 모든 원로원 의원들에게 배척당하게 될 것이다.

"이 무기를 백작님의 손에 쥐여 드리면 가능하시겠습니까?"

아카드가 품에서 얇은 책 한 권과 빳빳한 종이 몇 묶음을 내밀었다.

"이건 무기명 채권이 아닌가? 이게 도대체⋯⋯."

골드만 백작은 종이 한 묶음을 들어 확인하며 입을 떡하니 벌렸다. 얼핏 계산을 해 봐도 한 장에 만 골드짜리 무기명 채권이 몇백 장은 되어 보였다.

이 정도의 자금이라면 원로원 의원들이 제국은행에 투자한 금액을 보상해 주고도 남을 정도다.

"그런데 이 책은 또 뭔가?"

놀란 가슴을 진정시킨 백작이 얇은 책을 들고 펼쳤다. 책을 읽어 내려가던 백작의 얼굴이 점점 붉게 달아올랐다.

"이런 악마 같은 자를 보았나! 일개 은행장 주제에 감히 제국을 무너뜨리겠다고?"

아카드가 내민 얇은 책에는 피라미드 투자에 대한 진정한 목적과 모여든 자금을 이용해 제국 경제를 파탄시키려는 계획이 세밀하게 서술되어 있었다.

"가능하시겠습니까?"

아카드가 백작에게 같은 질문을 던졌다.

"좋네. 이 자료와 이 정도의 자금이면 충분하지. 내가 목숨을 걸어서라도 자네의 계획에 협조하겠네."

마침내 골드만 백작은 항복을 하고 말았다. 아카드는 백작의 어깨를 두들기며 일어났다.

"저는 약속이 있어서 먼저 나가 보겠습니다. 사람들의 눈이 있으니 재무대신께서는 천천히 나오십시오."

아카드는 탁자에 있는 물건들을 아무것도 건드리지 않고 자리를 뜨려고 했다. 그러자 백작이 아카드를 붙잡았다.

"이 자료들은?"

"미래의 총리대신이 될 백작님께 드리는 작은 선물입니다."

아카드는 사람 좋은 웃음을 지었다.

"미래의 총리대신?"

"이인자 노릇도 그 정도면 충분하지 않습니까? 이제 남은 한 자리에 오르셔야죠."

아카드가 노리는 것이 바로 이것이었다. 아무리 자신이 비장의 무기를 가지고 있다고 해도 원로원 의원 모두를 설득할 수는 없다.

하지만 재무대신의 위치라면 이야기가 달라진다.

원로원 이인자인 골드만 백작의 영향력과 아카드가 선물한 무기들이 합쳐진다면 제국은행으로 기운 원로원의 분위기를 일거에 역전시킬 수 있다.

'복수를 위해서라면 가급적 재무대신을 내 편으로 만드는 것이 좋겠지.'

골드만 백작이 아카드의 제안을 마다할 리 없었다. 아카드에게 엎드려서 절해도 모자랄 지경이다.

"총장님께 큰 신세를 졌군. 이렇게 좋은 파트너를 만날 줄이야."

백작은 자리에서 일어나 아카드에게 손을 내밀었다.

"앞으로 잘 부탁하네. 파트너."

아카드는 기분 좋게 백작의 손을 맞잡았다.

"저도 잘 부탁드리겠습니다. 미래의 총리대신 각하."

협상은 무사히 끝났다.

그때.

"아!"

돌아서던 아카드가 다시 골드만 백작을 바라보았다.

"자제분이 아카데미에 다닌다고 하셨죠?"

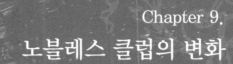

Chapter 9.

노블레스 클럽의 변화

2차 긴급 학생회의가 열리는 날.

학생회 소속 학생들은 장소를 대강당에서 소강당으로 바꿨다. 첫 긴급회의에 아무도 참석하지 않았기에 이번에도 실패할 것이라고 생각해서 작은 장소로 옮긴 것이다.

그런데 엄청난 반전이 일어났다.

아카데미 학생들이 서로 약속이나 한 듯 몰려와 전교생의 2/3이상이 참석한 것이다.

특히 노블레스 클럽의 행보가 놀라웠다.

학생회 안건을 거들떠보지도 않았던 노블레스 클럽이 기존의 입장을 철회하고 학생회에 적극적으로 협조한 것이다.

그들은 말로만 협조한 것이 아니라 행동으로 보여 주었다.

　　그동안 자신들의 이익만 챙기는 상단들로 인해 재학생들은
큰 피해를 받았다.
　　더 이상 노블레스 클럽은 상단들의 횡포를 좌시할 수 없기
에 아카데미 학생의 구성원으로서 재학생들이 혜택을 받을
수 있는 학생조합을 적극 찬성한다.
　　아카데미를 사랑하는 재학생이라면 우리들의 권리를 되찾
기 위해 학생회에서 주최하는 긴급회의에 참석하여 지지해
줄 것을 부탁하는 바이다.

　노블레스 클럽의 학생들은 아카데미 게시판마다 자신들
의 입장을 적은 대자보를 빠짐없이 붙였다. 또한 각 학과
건물 출입문에서 긴급 학생회의에 참석해 줄 것을 호소했
다.
　결과적으로 학생회에서 안건으로 제시한 학생조합 창설
을 위한 긴급회의는 압도적인 찬성표를 받아 통과되었다.
또한 회의에 참석한 학생들 대부분이 조합에 가입했다.
　제국은행과 원로원의 연합으로 조합 건에 대해 결사반대
를 외치던 골든 클럽 소속 학생들은 뒤통수를 얻어맞은 격
이 되었다. 상단가 자제들이 모인 골든 클럽 입장에서는 뒤

늦게 대책을 마련하려고 했지만 통과된 안건을 뒤집을 수는 없었다.

학생조합 건은 시민 출신 학생들에게도 환영을 받았다. 직거래를 통해 학생들이 질 좋은 물건을 싸게 구매하고 남는 수익은 장학금으로 기부한다고 하는데 반대할 사람은 없었다.

학생회장 폴은 물론이고 학생조합을 제안했던 안나와 케리, 피오라, 제이나는 어안이 벙벙했다. 얼마 전까지 사사건건 자신들을 방해하던 귀족 가문 자제들이 며칠 만에 입장을 바꾸니 눈을 의심했다.

"쟤들이 단체로 약을 먹었나? 갑자기 왜 저런대?"

에레나의 친구들과 학생회장 폴이 서로를 껴안으며 즐거워하는 가운데 안나는 귀족 학생들을 의심의 눈초리로 바라보았다.

*　　　*　　　*

원로원 회의가 열리기 삼 일 전.

제국은행 앞에는 수많은 시민들이 모여들고 있었다. 덕분에 제국은행의 직원들은 몸이 열 개라도 모자랄 지경이다.

은행 창구마다 사람들이 넘쳐나고, 바깥에도 은행 안으로 들어가기 위해 수많은 사람들이 기다리고 있었다.

워낙 많은 사람들이 모여 있어 충돌도 많이 일어났다. 제국은행 기사들이 개입하지 않았다면 패싸움으로까지 번졌을지도 몰랐다.

그들의 목표는 모두 하나였다.

이자율이 더 내려가기 전에 피라미드 투자 상품을 신청하기 위해 모여든 것이다.

이런 사태를 가장 좋아한 사람은 당연히 제국은행 수뇌부들이었다.

"이거 완전 대박입니다. 투자금으로 모인 돈이 한 달도 되지 않았는데 천만 골드를 넘겼습니다. 이 기세라면 1년 안에 오천만 골드를 모으는 건 시간문제입니다."

피라미드 상품을 기획하고 만든 밀튼 기획팀장이 소로스 은행장에게 들뜬 목소리로 보고했다.

인기가 많을 것은 예상했지만 이 정도로 파괴적일 줄은 몰랐다. 제국은행에서 내놓은 투자 상품에 가입하기 위해면 지방에서까지 올라올 정도로 인기가 높았다.

그런데 소로스 은행장의 얼굴에는 전혀 기뻐하는 기색이 보이질 않았다. 오히려 조심스러운 말투로 밀튼에게 질문을 던졌다.

"최근 원로원의 움직임은 어떤가?"

"그것이 말입니다……."

들떠 있던 기획팀장 밀튼이 은행장의 질문에 말끝을 흐렸다.

"몇몇 의원들이 가문에 큰일이 생겼다며 환불을 요구하고 있습니다."

"그래서 어떻게 대응했나?"

"계약서의 조항을 내세워 거부하고는 있습니다."

밀튼의 대답에 소로스 은행장이 미간을 찌푸렸다.

"빚을 내면서까지 투자하려던 자들이 갑자기 태도를 바꾼 이유가 뭐지?"

"죄송합니다. 요즘 인력이 부족해서 그것까지 파악하진 못했습니다."

소로스 은행장은 한숨을 쉬었다.

현재 대부분의 인력이 비밀 금고 도난 사건에 집중되다 보니 상대적으로 원로원 의원들을 감시해야 할 인력이 부족했다.

"너무 걱정하지 마십시오. 계약서에 '10년간 원금을 찾을 수 없다.' 라고 명시되어 있으니 그들도 환불해 달라고 고집 피우진 못할 겁니다."

밀튼 기획실장의 자신감 넘치는 말에 소로스 은행장은

고개를 저었다.

"아니지. 일은 그렇게 처리하는 게 아니야. 당장 환불을 요구한 원로원 귀족들에게 돈을 내주게."

"네? 진심이십니까?"

밀튼 기획실장이 놀란 눈으로 은행장을 쳐다보았다.

"화폐 실명제가 통과될 때까지 그들을 자극해서는 안 돼."

"하지만 한 번 예외를 두면 다음번에도 또 그런 일이 생길 겁니다."

"환불을 요구한 작자들이 누군가?"

은행장의 질문에 밀튼은 안주머니에서 수첩을 꺼냈다.

"골드만 재무대신과 마카디아 교육부대신, 그리고 사보이 내무대신이 환불을 요구하고 있습니다."

소로스 은행장이 인상을 확 찌푸렸다. 대부분 원로원에서 계파를 형성하고 있는 우두머리들이 환불을 요구한 것이다.

"상황이 묘하게 됐군. 일단 환불은 해 줘. 대신 차후에는 이런 일이 일어나지 않도록 다른 의원들에게 입단속 해 달라는 말도 잊지 말고."

"예. 일단 직원들에게 그렇게 지시를 내리겠습니다."

밀튼의 보고를 들으며 소로스 은행장은 창문으로 바깥을 내려다보았다. 은행 앞에는 수많은 시민들이 건물 안으로 들어가기 위해 기다리고 있었다.

'도둑만 잡으면 모든 일이 순조로울 것 같은데. 도대체 어떤 놈이냐!'

도둑을 잡기 위해 제국은행 소속 기사들은 물론이고 은밀하게 감사실에 숨겨 놓았던 흑마법사들까지 추적 마법을 통해 도시를 이 잡듯이 뒤지고 있었다. 도둑이 타국으로 넘어가는 것을 방지하기 위해 국경 지대에 암살자들까지 동원했다.

그런데 아직까지 도둑에 대한 실마리는 전혀 찾을 수 없었다. 거기다가 원로원 거물들의 환불해 달라는 요청이 들어오니 분명히 계획대로 흘러감에도 불구하고 은행장의 불안감은 점점 커졌다.

"신중에 신중을 더해야 할 것이야. 아무래도 느낌이 좋지 않아."

"알겠습니다. 앞으로 좀 더 신중을 기하도록 하겠습니다."

소로스 은행장이 나직이 중얼거렸다. 그의 눈에는 불안감이 가득했다.

*　　　*　　　*

스윽!

아카드는 토마스의 서점 안쪽에 마련된 밀실에서 책을 넘기고 있었다.

그가 읽고 있는 책에는 대륙에서 명성이 높은 기사와 마법사에 대해 자세히 기술되어 있었다. 그들의 경지가 어느 정도인지, 약점은 무엇인지 세세한 부분까지 묘사되어 있었다.

"제국은행. 이들의 목적이 뭘까? 뭐 때문에 이런 자료까지 손에 넣으려고 했을까?"

처음 제국은행이 저지른 만행에 대해 들었을 때만 해도 돈으로 세상을 지배하는 것이 목적일 거라 생각했다. 하지만 돈과는 전혀 관계없는 자료들을 보며 의문을 가질 수밖에 없었다.

제국은행 비밀 금고에서 훔쳐 온 자료를 살펴보면 각국의 지도와 유명한 인물들, 심지어는 유력 가문에서 일하는 하인들에 대해서까지 조사했다는 것을 알 수 있었다.

"제국은행…… 알면 알수록 내 흥미를 자극한단 말이야."

극비 자료들을 읽어 내려가던 아카드의 입가가 뒤틀렸다. 제국은행이 어떻게 이런 자료들을 만들어 냈는지 알 수 없지만, 자신이 아는 것보다 훨씬 더 방대한 조직이라는 것은 틀림없는 사실이다.

그러나 아카드는 그들이 숨기는 것을 본 이상 은밀해져

야 한다는 것을 깨달았다. 자신이 모습을 드러내는 순간 제국은행은 입을 막기 위해 모든 세력을 동원할 것이다.

그때 바깥에서 토마스의 목소리가 들려왔다.

"마스터, 손님 왔어요."

"들어오라고 해. 너도 같이 들어와."

"네."

잠시 후, 문이 열리고 얼굴이 반쪽이 된 고스트가 밀실로 들어왔다. 토마스도 곧이어 찻잔이 든 쟁반을 들고 왔다.

"두 사람 인사해. 앞으로 자주 보게 될 거야."

"고스트 정보 길드를 맡고 있는 고스트라고 하오."

아카드가 길드 아지트를 떠난 이후, 제르는 약속대로 고스트에게 길드장을 떠넘기고 물러났다. 고스트는 길드장이 되자마자 길드 이름까지 바꾸며 활동 범위를 넓혀 가고 있었다.

"서점 주인…… 아니지. 마스터의 오른팔 토마스라고 합니다."

토마스는 상대가 길드 수장이라고 하니 살짝 위축되었다. 그래서 자신에 대한 소개를 급하게 오른팔이라고 바꿨다.

"바깥 상황은 어떤가?"

아카드는 본론부터 꺼냈다.

"아휴, 난리도 그런 난리가 없습니다. 제국은행에서 파견된 자들로 인해 구시가지가 벌집 쑤셔 놓은 것처럼 시끄 럽습니다."

"역시 그렇군."

아카드의 입꼬리가 올라갔다.

제국은행 내부에 혼란을 심어 주려는 의도가 제대로 먹 혔기 때문이다.

"원로원 상황은 어떻지?"

"계파의 거두라 할 수 있는 재무대신과 교육대신 그리고 내무대신까지 비밀 회동을 가지며 뭔가를 꾸미고 있는 것 같습니다. 그들이 거느린 의원들만 해도 전체 의원 중 과반 수가 넘습니다. 뭔가 심상치 않은 일이 일어날 거 같습니 다."

"잘해 나가고 있군."

아카드는 자신이 의도한 일이 제대로 먹힌다는 보고에 흡족한 표정을 지었다.

"제국은행 쪽은 어떤가?"

"그쪽이야 도난 사건을 제외하면 행복해서 미칠 지경이 겠지요. 제국의 돈이 전부 제국은행으로 몰려들고 있는데 뭐가 걱정이겠습니까. 듣자 하니 시민들이 피라미드 투자 에 참여하기 위해 노숙까지 할 정도랍니다."

"제국은행의 움직임을 빠짐없이 파악하도록 해. 특히 그들이 접촉하는 중앙 귀족들을 모두 알아내."

아카드의 요구에 고스트는 한숨을 푹 쉬며 울상을 지었다.

"아카드 님. 전에도 말씀 드렸지만 제국은행의 모든 움직임을 감시하는 건 무리입니다. 인원도 부족하고 돈도 부족하고. 그때 보석만 다 챙겨 왔어도 자금 문제로 시달리지는 않았을 텐데."

고스트는 아카드를 원망스러운 눈빛으로 바라보았다. 아직까지 보석을 챙겨 오지 못한 것을 후회하는 눈치다.

"못하겠으면 관둬. 대신 우리의 계약도 없던 것으로 하지."

"네에에?"

고스트의 눈동자가 흔들렸다.

"그건 그거고, 이건 이거지요! 분명히 비밀 금고까지 안내하면 나비아산 와인과 엘프 아가씨를 소개해 주시기로 약속하지 않으셨습니까?"

고스트가 열을 내며 벌떡 일어섰다.

"증거 있어?"

"와아아! 이거 진짜 너무하신 거 아닙니까? 저는 목숨을 다해 비밀 금고까지 안내했는데, 이게 뭡니까?"

고스트가 손을 부르르 떨었다. 보석도 잃고 술도 잃고, 엘프 아가씨까지 날아갔으니 그럴 만도 했다.

"일 년뿐이야. 일 년 동안만 나를 위해서 길드를 움직여.

절대 후회하지 않을 거야."

"하지만⋯⋯."

고스트는 망설였다.

아카드의 일이 평범하지 않다는 것은 진즉에 알고 있었다. 그때는 평범한 길드원인 상태라 크게 신경 쓰지 않았다.

하지만 지금은 길드의 운명이 자신에게 달렸다. 한순간의 선택으로 인해 흥하느냐 망하느냐의 기로에 선 것이다.

고스트는 아카드의 눈을 바라보았다. 아카드의 눈은 마치 깊이를 알 수 없는 어둠처럼 깊게 가라앉아 있었다.

그를 믿고 도박을 해도 될까?

그가 원하는 것은 무엇일까?

목표를 이루면 쓸모없는 사냥개처럼 우리를 버리지 않을까?

고스트는 자신만이 가지고 있는 육감을 사용하여 아카드의 의중을 살폈으나 도저히 짐작이 되지 않았다.

그가 자신만의 생각에 빠져 있을 때 토마스가 조심스럽게 아카드에게 물었다.

"마스터, 저는요?"

"뭐? 알아듣게 말해."

토마스는 아카드 옆에 바싹 다가갔다.

"저는 엘프 아가씨 소개 안 시켜 줍니까? 제가 충성한 시간이 얼만데."

또랑또랑한 눈빛으로 자신을 쳐다보는 토마스를 보며 아카드는 깊은 분노를 느꼈다.

＊　　　＊　　　＊

"많이도 가져왔네."

"이걸 다 읽어?"

에레나는 친구들을 초대해 바닥에서 무릎까지 쌓여 있는 서류들을 내밀었다. 재무부 이름이 찍힌 서류에는 재무부에서 주관한 입찰 기록과 평가액, 그리고 입찰에 참여한 상단들이 써낸 금액까지 모두 기록되어 있었다.

"이걸 너희 오빠가 준 거라고? 진짜로?"

에레나의 가정사에 대해 누구보다 잘 알고 있는 안나가 놀란 표정으로 물었다. 평소 에레나에게 말 한 마디 건네지 않는 이복 오빠 루시르가 이런 자료를 준비했다는 것이 믿기지 않았다.

"그래. 나도 놀랐어."

정보청 1국 재건 사업에 매달리느라 집에도 들어오지 못하는 루시르는 집안 시녀들을 불러 이 서류들을 에레나의 책상 위에 올려놓게 했다.

전속 시녀들에게 전후 사정을 전해 들은 에레나는 깜짝 놀랐다. 항상 차가운 이복 오빠가 이런 도움을 주었다는 것이 믿기지가 않았다.

"요즘 중앙 귀족들이 단체로 미치는 게 유행인가?"

"응? 그게 무슨 말이야?"

"아…… 아니야."

안나는 황급히 자신의 입을 막았다. 중앙 귀족의 여식인 에레나가 자칫 기분 나빠할 수도 있기 때문이다.

"그래도 이건 너무 많습니다. 서로 분량을 나눠야 할 거 같아요."

케리가 울상을 지으며 서류들을 쳐다보았다. 그녀는 갑자기 도끼눈으로 침대에서 졸고 있는 제이나를 노려보았다.

"제이나 양도 얼른 이리 오세요. 함께 해야죠."

제이나는 몸을 뒤척이며 고개만 쏙 돌렸다.

"난 그 의견에 반댈세."

제이나는 서류의 양을 보더니 한마디를 던지고는 이불을 뒤집어썼다.

"우리가 낙찰받을 수 있을까? 소문에는 4대 상단 중 하나인 스탠 상단도 참여한다고 하던데."

여기 모인 여학생들 중 상재가 가장 뛰어난 피오라가 걱정스러운 표정으로 물었다.

"걱정하지 마. 어제 우리 집에서 재무부 대신과 마주쳤는데, 그분께서 자본금 백만 골드가 넘는 상단은 입찰 자체를 금지시켰대."

"진짜? 입찰 공고문에는 그런 내용이 없었는데."

"삼 일 전에 입찰 자격을 대폭 제한시켰다고 말했어. 대형 상단의 독점을 막기 위해 조건을 강화했다고 하던데."

"그래? 의원데? 상계의 소문이 틀렸나?"

피오라는 아카데미 수업이 끝나면 티스 상단의 일을 도우러 가기 때문에 상계의 소문을 자주 접할 수 있었다. 상계에서는 A&M 투자상단이 스탠 상단으로 넘어갈 것이라는 예측이 지배적이었다.

"재무부 대신이 그렇게 말했다면 그런 거겠지. 어쨌든 우리 입장에서는 잘된 거네."

"한 가지 더."

에레나는 검지 하나를 친구들에게 보이고는 즐거운 표정으로 말을 이었다.

"우리처럼 조합이 입찰에 참가할 경우 가산점이 주어질 거라고 말했어. 희소식이지 않니?"

"진짜? 그럼 우리도 가능성이 높은 거네?"

피오라가 환하게 웃으며 즐거워했다.

"그런데 자금 문제는 어떻게 됐어? 급하게 부모님들께 손을 빌렸지만 남은 칠만 골드가 문젠데."

그러자 안나가 에레나의 어깨를 껴안으며 머리를 쓰다듬었다.

"우리 공주님 걱정도 많으시네. 벌써 자금 문제는 해결됐으니 얼른 아카데미나 나오시지."

"진짜?"

에레나는 눈을 동그랗게 뜨며 친구들을 둘러보았다. 친구들 모두 에레나에게 엄지를 치켜들며 안나의 말이 사실이라고 대답했다.

"어떻게 모을 수 있었어?"

"노블레스 클럽 애들이 자신들도 투자하겠다며 달려들더라고. 그래서 자사주 명목으로 돈을 받았지."

에레나는 그 말에 표정이 어두워졌다.

"혹시 상단을 꿀꺽 삼키려는 속셈이 아닐까?"

"나도 처음에 무슨 꿍꿍일까 의심을 했는데, 말하는 걸 들어 보니 아닌 거 같더라고."

안나는 2차 긴급회의가 끝나고 일어난 일들을 에레나에게 설명했다.

2차 긴급회의가 끝나고 노블레스 클럽의 요청으로 찻집에서 만났다. 그들은 폴에게 A&M 투자상단을 매입하는 일에 투자하고 싶다는 뜻을 전했다.

처음 그 말을 들은 폴은 단번에 거절했다. 그들의 뜻이 A&M 투자상단과 학생조합을 쥐고 흔들려는 수작으로 보였기 때문이다.

하지만 이야기가 진행될수록 폴은 자신이 오해했다는 것을 깨달았다.

노블레스 클럽이 원하는 것은 한 가지였다.

A&M 투자상단 경영에도 관심이 없고, 학생조합에도 관심이 없다. 단지 우리가 투자한 만큼 배당을 해 주면 된다는 것이다.

그 외의 모든 권리는 학생회의 처분에 맡기겠다는 뜻을 전했다.

폴은 자신의 귀를 의심했다.

조건이 좋아도 너무 좋았기 때문이다.

투자를 받았으면 수익을 배당하는 것은 당연한 일이고, 그 수익으로 노블레스 클럽을 운영하겠다는데 반대할 명분이 없었다.

결국 학생회와 노블레스 클럽은 서로 양해 각서를 체결하고 투자금을 받았다.

그리고 오늘.

노블레스 클럽을 통해 흘러들어 온 투자금을 확인하러

제국은행에 들렀던 폴은 또 한 번 놀라고 말았다. 그들이 투자한 금액이 십만 골드에 달했기 때문이다.

학생회가 기존에 보유하고 있던 삼만 천 골드랑 합치면 십삼만 골드가 넘어가는 금액을 손에 쥐게 되었다. 애초에 목표했던 십만 골드를 훨씬 상회하는 금액이다.

안나의 이야기를 전해 들은 에레나는 어안이 벙벙했다. 학생회를 적대적으로 대하던 노블레스 클럽이 왜 그런 행동을 했는지 아무리 생각해도 이해할 수가 없었다.

"이해하려고 하지 마. 내가 생각해도 불가사의한 일이니까."

안나가 말이 끝나기가 무섭게 제이나가 이불에서 머리를 살짝 내밀며 고개를 흔들었다.

"난 그 의견에 반댈세. 안나는 돌머리, 에레나는 3학년 차석. 두 사람의 뇌 용량은 하늘과 땅 차이다."

제이나는 한마디를 던지고는 다시 이불을 뒤집어썼다. 안나는 그 말을 듣자마자 침대로 뛰어들며 제이나를 공격했다.

"뭐라고 했어? 내가 돌머리라고? 매일 잠만 자는 주제에 오늘 한번 돌머리로 맞아 볼래?"

"아이스 스피어. 발사."

"앗, 차가워. 케리, 밖에 가서 몽둥이 하나 가져와. 오늘

이년에게 쓴맛을 보여 줄 거야."

안나와 제이나가 침대에서 난리를 피우는 동안 에레나는 창밖을 바라보며 생각에 빠졌다.

"설마…… 홋! 무슨 생각이람. 그럴 리가 없잖아. 그 사람이 왜…… 아니면 오빠가 도와줬나?"

에레나는 머릿속이 혼란스러웠다.

하지만 분명한 것은 그녀의 눈동자에는 그리움이 짙게 쌓여 있다는 사실이었다.

"뭐하고 있을까? 지금?"

*   *   *

토마스의 서점에서 나온 아카드는 조용히 걸음을 옮겼다. 그의 입술은 굳게 닫혀 있고 눈동자는 차분하게 가라앉아 있다.

아카드는 고개를 들어 주변을 바라보았다. 높은 벽 위로 하늘을 향해 솟아 있는 제국은행 본점의 모습이 눈에 들어왔다.

제국은행은 일개 금융기관이라고 볼 수 없을 정도로 거대하게 느껴졌다. 그들은 전 대륙을 감시하고 있었고, 그들의 규모는 상상을 초월하고 있었다.

불과 오십 년 만에 이룬 성과였다.

역사서를 뒤져 보아도 이렇게 단기간에 대륙을 뒤흔들 정도로 성장한 집단은 없었다. 그 어떤 나라도 이보다 더 위대한 영향력을 가지지는 못했다.

"우스워."

제국은행을 바라보는 아카드의 입에서 비웃음이 흘러나왔다.

자신과 제국은행은 같은 목표를 가지고 있었지만, 과정이 달랐다.

"나는 있는 놈들만 노리지, 당신들처럼 약자들의 돈을 강탈하지는 않아."

비록 상계라는 같은 물에서 놀고 있지만 제국은행을 좋아할 수 없었다.

제국은행은 수많은 시민들의 피를 쥐어짜며 쌓아 올린 모래성이다. 역사를 살펴보아도 정당성과 명분 없이 약자의 피눈물로 쌓아 올린 모래성은 언젠가 무너질 수밖에 없었다.

황실과 귀족들이 시민들의 원성을 들으면서도 현상 유지를 할 수 있는 것은 바로 정당성과 명분 때문이다. 그런 이유로 지배층들이 뭔가 큰 변화를 일으킬 때마다 명분을 찾는 것이다.

"얼마 남지 않았어. 조금만 기다리면 내 손으로 무너뜨려 주지."

아카드는 걸음을 옮겼다. 그의 눈에 제국은행에서 파견된 사람들의 모습이 들어왔다. 제국은행 마크가 새겨진 갑옷을 입은 자들이 시민들을 일일이 살펴보며 뭔가를 열심히 찾는 모습이다.

"등신들. 평생 찾아봐라."

아카드는 그들을 무시한 채 골목으로 들어갔다. 골목에 들어가자마자 대장간의 모습이 보였다. 귀가 울릴 만큼 큰 망치 소리와 함께 땀 냄새가 진동했다.

"여긴가?"

대장간 간판을 확인한 그는 안으로 들어갔다. 대장간 내부는 밖에서 보는 것보다 훨씬 더 깔끔하고 아담했다.

지저분할 것이라는 예상과 달리 깨끗한 실내를 바라보며 아카드가 고개를 끄덕였다. 안에 진열된 무기들도 일정 수준 이상으로 잘 만든 것 같았다.

그는 자신도 모르게 진열장에 걸려 있는 검 한 자루를 꺼냈다.

휘익!

검을 휘둘러 보니 예전 아버지에게 검술을 배웠던 기억이 새록새록 떠올랐다.

그때였다.

"손님. 함부로 물건에 손대시면 안 됩니다."

귀에 익숙한 목소리다.

아카드의 시선이 목소리가 들려온 방향으로 향했다.

파마머리의 청년 하나가 이마의 땀을 닦아내며 걸어오고 있었다. 그는 고개를 들어 아카드의 모습을 보자마자 그 자리에서 굳어 버렸다.

"너…… 너?"

"잘 지냈나, 친구?"

대장간에서 아르바이트를 하고 있던 폴은 처음으로 사귄 친구의 모습을 보자마자 달려갔다.

"살아 있었구나. 얼마나 걱정했는지 알아!"

항상 차분하고 냉소적이던 폴이 격앙된 말투로 아카드의 어깨를 잡았다.

"내가 그렇게 쉽게 죽을 인물은 아니지."

"자식. 살아 있으면 연락이라도 할 일이지."

아카드는 폴의 모습에 가슴이 따뜻해지는 걸 느꼈다. 거듭된 불행을 겪으며 얼어붙었던 마음이 조금씩 녹아내리는 것 같았다.

"요즘 찾는 분이 많아서 바쁘신 분이 무슨 일로 날 찾아왔을까?"

폴은 수배자인 아카드를 놀리며 물었다.

"빚 받으러 왔지."

"역시 너였구나?"

폴은 예상했다는 듯이 고개를 끄덕였다. 그의 생각대로 학생조합이 통과될 수 있었던 배후에는 아카드가 있었다.

"나 아니면 너 도와줄 놈 있냐?"

"좋아. 남자가 빚을 졌으면 갚아야지. 가자."

폴은 아카드의 어깨에 팔을 걸치며 작은 술집으로 끌고 갔다.

"맥주 어때?"

"좋지."

폴은 술과 간단한 안주를 주문하고는 아카드에게 물었다.

"내가 아는 친구의 성격을 볼 때 그냥 온 거 같지는 않고, 내가 뭘 도와주면 되냐?"

아카드는 피식 웃음이 나왔다. 폴이 먼저 본론을 꺼내 주니 마음이 한결 편했다.

"아카데미 신문사를 좀 이용했으면 하는데."

아카드는 폴에게 종이 한 장을 내밀었다.

"이번에는 무슨 폭탄을 던지시려고 그러시나. 겁부터 나는데?"

종이를 살펴본 폴의 손이 점점 떨리기 시작했다.

"말도 안 돼. 아무리 친구의 부탁이지만 이건 불가능해."

"왜 불가능하다는 거지? 사실을 밝히는 것이 신문사의 임무 아닌가?"

폴은 누가 볼까 싶어 얼른 종이를 감추더니 심각한 눈빛으로 대답했다.

"잘못 터트리면 학생회뿐만 아니라 제국 아카데미가 망할 수도 있는 문제야. 이것이 사실이라면 그에 걸맞은 증거가 필요해."

그러자 아카드는 기다렸다는 듯이 얇은 책 하나를 내밀었다. 피라미드 투자 상품을 이용해 제국의 경제를 무너뜨리려는 계략이 적힌 제국은행 극비 문서다.

"이거면 충분하지? 사본이니까 읽어 보고 결정하도록 해."

폴은 떨리는 손으로 책을 펼쳤다. 한 장 한 장 넘길 때마다 그의 떨림이 점점 심해졌다.

*　　　*　　　*

원로원 회의가 열리는 당일.

공교롭게도 원로원 회의가 열리는 날과 재무부에서 주관하는 입찰 날짜가 겹쳤다.

A&M 투자상단의 매각을 주관하는 재무부에서 새로운 내용을 추가했다. 입찰 자격은 자본금 백만 골드 이하의 상단이거나 소규모 집단에 한해서만 가능하도록 제한을 건 것이다.

재무부의 발표가 나오자마자 스탠 상단을 비롯해 제국은행과 연결된 상단들이 불길처럼 들고 일어났다. 그들은 이번 입찰의 주인공이 자신이라고 생각했는데 참여조차 하지 못하는 상황이 벌어져 분노한 것이다.

상계를 좌지우지하고 있는 스탠 상단이 이 상황을 가만히 두고 볼 턱이 없었다.

스탠 상단은 속마음과는 다르게 재무부가 상단들을 핍박하려 한다는 명분으로 비난을 퍼부었다. 그들은 재무부가 자유경쟁을 통해 공정한 기회를 제공해야 한다고 역설했다.

그들의 주장에는 일정 부분 옳은 점이 있었다. 그들 나름대로 훌륭한 명분을 지닌 셈이다. 때문에 상계에 몸을 담고 있는 상인들은 재무부의 발표에 대해 찬반 입장으로 나뉘어졌다.

소규모의 독립 상단들은 재무부의 의견에 적극 찬성하는 반면, 제국은행의 지원을 받는 대형 상단들은 필사적으로 반대했다.

제국의 시민들은 소규모 상단을 보호한다는 재무부의 입장에 박수를 보냈다.

그동안 대형 상단의 횡포로 물가가 천정부지로 치솟는 작금의 사태에 불만이 많았기 때문이다.

양쪽 모두의 주장이 팽팽한 싸움에서는 힘 있는 자가 이길 수밖에 없다.

당연히 입찰을 주관하는 재무부가 승자가 될 수밖에 없는 상황이다.

아무리 상계를 좌지우지하는 대형 상단이라고 해도 제국 시민들의 여론을 등에 업은 국가 기관을 이길 수는 없다.

결국 재무부는 대형 상단들의 불만을 잠재우고 예정대로 입찰을 진행하였다.

학생회장 폴과 안나는 입찰에 참여하기 위해 재무부 관사에 도착했다. 아카데미 대표로 참석한 두 사람은 입찰 제안서를 제출하고 난 뒤 재무부 국장실에 찾아갔다.

국장은 실질적으로 재무부를 총괄하는 거물급 인사라 함부로 만날 수 없는 인물이다. 하지만 국장이 두 사람을 초대했기 때문에 가벼운 마음으로 국장실 문을 두들길 수 있었다.

"오호. 자네들이 학생조합을 창설한 주인공들인가?"

국장은 그렇지 않아도 학생회장을 한번 만나고 싶었다.

어떻게 학생조합을 창설할 생각을 했고 그만한 자금을 모을 수 있었는지 궁금했기 때문이다.

"학생회에서 진행하긴 했지만 아이디어를 준 사람은 따로 있습니다."

학생회장 폴이 수줍은 표정으로 손을 내저었다.

"그래? 도대체 누군가?"

"에레나 선배님이십니다."

"에레나라, 에레나라. 아하! 혹시 클라우스 공작가의 영애 말인가?"

"맞습니다. 저희는 선배님께서 제안한 것을 실행에 옮긴 것밖에 없습니다."

"헛헛! 그래도 어찌 됐건 학생들의 지지를 받아 아이디어를 실현한 것은 자네 아닌가?"

"천만의 말씀입니다. 옆에 계신 선배님과 선배님의 친구들, 그리고 조합을 지지해 준 재학생들이 아니었으면 절대 성공할 수 없었을 겁니다."

국장은 공을 남에게 넘기는 폴을 보며 기특하다는 생각을 했다. 보통 저 나이 때는 자신의 일을 과장하기 마련인데 자신을 낮추는 것을 보며 국장은 폴이라는 이름을 마음에 새겨 두었다.

"아저씨, 실례가 아니라면 저희를 부르신 이유를 물어봐도 될까요?"

성격 급한 안나가 재무부 국장에게 질문을 던졌다. 그녀
는 재무부 국장이 치안감인 아버지의 30년 지기 친구라 습
관적으로 아저씨라는 말이 나와 버렸다.

"여기는 공적인 자린데 아저씨가 뭐냐. 아휴, 저 말괄량
이를 과연 누가 데려갈지 걱정이다."

"피잇. 혼자 살면 되죠, 뭐."

친구 딸의 맹랑한 대답에 국장은 고개를 절레절레 흔들
었다.

"그래, 내가 오늘 너희를 따로 보자고 한 이유는 이번 입
찰 건 때문이다."

재무부 국장의 이야기에 폴과 안나의 표정이 굳어 버렸다.
특히 이런 자리가 어색한 폴의 볼 끝이 파르르 흔들렸다.

두 사람의 뇌리에 불길함이 스쳐 지나갔다.

"아저씨, 뭐예요? 지금 우리보고 입찰 포기하라고 부른
건가요? 절대 포기 못 해요!"

안나가 불같이 화를 내며 자리를 박차고 일어났다.

"아이고! 누가 지 애비 딸 아니랄까 봐 성격까지 꼭 빼닮
았네. 앉아. 그런 이야기가 아니야."

"그럼 뭐예요."

"넌 좀 가만히 있어. 네가 학생회장이냐? 한 번만 더 까

불면 입찰에서 확 떨어뜨릴까 보다."

재무부 국장은 미리 준비한 봉투를 내밀었다. 국장은 폴을 향해 웃으며 얼른 열어 보라고 눈짓했다.

떨리는 마음으로 봉투를 열고 서류를 보는 순간 폴의 입이 벌어졌다. 너무 기쁜데 자리가 자리인지라 소리치지도 못하고 어깨만 들썩였다.

"저희가 낙찰된 건가요? 어떻게…… 어떻게?"

폴은 자신이 처음으로 뭔가를 해냈다는 생각에 말을 잇지 못했다. 안나는 옆에서 방방 뛰며 폴과 함께 기쁨을 만끽했다.

"봐! 봐! 내가 된다고 했지?"

기쁜 마음으로 낙찰 서류를 살피던 폴은 낙찰자 란에 사인하고 도장을 찍었다. 이로써 아카데미 학생회는 A&M 투자상단의 인수를 위한 모든 절차를 끝냈다.

"국장님, 궁금한 점이 있습니다."

"뭔가?"

폴은 낙찰 서류를 작성하며 생겨난 의문에 대해 질문을 던졌다.

"보통 이렇게 빨리 결과가 발표되나요?"

"그렇지는 않지."

국가기관이 경매를 주관할 경우 일주일 후에 낙찰자가

발표되는 것이 관례였다. 그런데 입찰 제안서를 제출하자마자 낙찰되었다고 하니 궁금하지 않을 수가 없었다.

"저희가 낙찰된 것이 공정한 경쟁의 결과인가요? 혹시 높으신 분의 외압으로 낙찰받은 것이 아닌지 우려가 됩니다."

폴은 굳은 표정으로 국장의 대답을 기다렸다.

원로원과 제국은행간의 힘 싸움 때문에 학생회가 낙찰을 받은 것은 아닌지 걱정이 되었다. 만약 정치적인 논리로 학생회가 낙찰받은 것이라면 골든 클럽 학생들의 온갖 비난과 야유가 퍼부어질 것이었다.

자신이 수장으로 있는 학생회 때문에 순수하게 배움의 장이 되어야 할 아카데미가 정쟁의 소용돌이에 휘말리게 될까 봐 폴은 두려웠다.

"걱정하지 말게. 이번 입찰 과정에서 외압이나 비리 같은 건 전혀 없었네."

"그럼 말씀해 주십시오. 왜 이렇게 일찍 발표가 되었는지 이유를 알고 싶습니다."

"이놈들 아직 입찰에 대해서 제대로 공부를 안 했구나."

재무부 국장은 엄한 표정으로 폴을 나무란 후, 표정을 풀고 천천히 설명해 주었다.

"입찰 결과가 당일에 발표되는 이유는 두 가지밖에 없지."

폴과 안나가 국장의 다음 대답을 기다렸다.

"입찰에 참여한 사람이 하나도 없거나, 단독으로 입찰했을 경우 그날에 발표하는 것이 재무부의 관례다. 입찰한 업체에 대해 평가할 것이 없거든."

국장은 두 학생을 바라보며 웃음을 지었다.

실제로 그랬다.

대부분의 중소 상단들은 스탠 상단이 낙찰될 것이라 믿고 재무부 입찰에 신경도 쓰지 않았다. 어차피 낙찰될 가능성도 없는 데다가, 괜히 대형 상단의 일에 끼어들었다가 미운털이라도 박히면 제국은행의 보복을 받을 가능성이 농후했다.

거기다가 대부분 중소 상단의 여유 자금이 제국은행으로 흘러들어 갔다. 피라미드 투자 상품에 가입하지 않으면 대출금을 상환하겠다는 제국은행 직원의 협박 때문에 울며 겨자 먹기로 여유 자금을 쏟아부을 수밖에 없는 상황이었다.

아이러니하게도 재무부가 주관하는 경매에 현금으로 보증금을 낼 수 있는 입찰자는 학생회밖에 없었다.

"그렇다는 것은 이번에 입찰한 업체가 저희 학생회뿐이란 말입니까?"

"그렇지. 어떤 상단도 이번 입찰에 참여하지 않았네."

안나가 갑자기 주먹을 불끈 쥐며 탄성을 질렀다.

"아후, 이럴 줄 알았으면 입찰에 참여하지 말걸 그랬네. 그랬으면 최저 입찰가가 더 낮아졌을 거 아냐."

"어이구, 이 말괄량이 녀석. 그러다가 경매가가 더 높아지면 네가 책임질 거냐?"

국장은 안나의 이마에 꿀밤을 먹였다.

"아얏! 지금 다 큰 숙녀에게 무슨 짓이에요. 후배도 옆에 있는데."

"다 컸다는 거 알면 제발 조신하게 행동해라. 후배 앞에서 까불지 말고."

국장은 천천히 자리에서 일어났다. 그러자 두 학생도 덩달아 일어났다.

"중요한 회의가 있어서 아쉽지만 이야기는 여기까지 나눠야겠군. 궁금한 점이 있으면 언제든지 찾아오게. 학생들을 위한 일이라면 언제든지 도와주지."

"이렇게 시간 내 주셔서 감사합니다."

"아저씨, 저 갈게요."

폴과 안나는 국장에게 정중하게 인사했다.

안나가 먼저 나가고 폴도 뒤따라가려는 순간 국장의 목소리가 들렸다.

"자네는 졸업하면 어디에 취직할 생각인가?"

"신입생이라 구체적으로 생각해 본 적은 없지만, 시민들을 위해 일할 수 있는 곳으로 취직하고 싶습니다."

국장은 흡족한 표정으로 폴을 바라보며 의미심장한 말을 던졌다.

"자네 말대로라면 재무부가 딱이겠군. 자네가 면접 보러 오는 날을 기다리겠네."

*   *   *

폴이 아카데미에 돌아오자마자 학생들이 환호성을 질렀다. 조합원으로 가입한 학생들 모두가 믿어지지 않는다는 표정을 지었다.

쟁쟁한 상단들을 제치고 재무부 경매에서 낙찰받았다는 사실에 어안이 벙벙했다. 어제까지만 해도 과연 낙찰받을 수 있을까 의심하던 학생들은 학생회장 폴을 향해 신뢰 가득한 눈빛으로 축하 인사를 하였다.

하지만 폴은 기뻐하지 않았다.

어떻게 보면 이제부터 시작이라고 생각했다. 상단 경험이 없기에 상단을 관리해 줄 경력자와 도와줄 사람들을 모집하는 것이 시급하다고 판단 내렸다.

무엇보다 폴의 품 안에는 그의 가슴을 짓누르는 대형 폭탄이 잠자고 있었다.

"조합원 여러분. 잠시만 진정해 주십시오."

폴은 자신을 둘러싼 학생들을 바라보며 조심스럽게 입을 열었다. 그는 품 안에서 얇은 책 하나를 꺼내 학생들을 향해 흔들었다.

"원래는 여기 계신 신문 동아리 회장님께 이것을 먼저 보여드리고 싶었습니다. 그러나 곰곰이 생각해 본 결과 여러분 모두에게 이 소식을 먼저 전해야 피해를 막을 수 있을 것 같아 이렇게 발표하게 되었습니다."

폴의 말이 끝나기가 무섭게 소강당의 문이 열리고 수레 하나가 들어왔다. 수레에는 얇은 책 수백 권이 실려 있었다.

"말씀드리기 전에 수레에 실린 책들을 읽어 주십시오."

그러자 조합원 학생들이 수레에 담긴 책들을 하나씩 가져가 읽기 시작했다. 수레에 담긴 책은 아카드가 준 극비 자료를 복사한 것이다.

갑자기 강당 내에 몇 분간 정적이 흘렀다. 들리는 소리라고는 수백 명 학생들의 숨소리뿐이었다.

갑자기 한 학생이 책을 읽다가 충격을 받고 쓰러졌다. 그것을 신호로 학생들이 폴을 향해 고함쳤다.

"거짓말이야! 이 책의 내용은 다 거짓이라고!"

"제국은행을 믿고 집을 담보로 대출받아 투자했는데, 이 말이 사실이라고?"

학생들은 대경실색한 표정으로 폴을 향해 다가왔다.

"이 책만 보고는 믿을 수 없어. 증거를 내놓으라고!"

"증거를 내놔!"

학생들이 증거를 요구하며 폴이 도망가지 못하도록 포위했다. 방금 전까지 폴을 연호하던 학생들이 순식간에 폭도와 같이 변했다.

당장이라도 해명하지 않으면 죽일 것 같은 기세다. 만약 이 책에 나와 있는 내용이 사실이라면 제국 은행이 제국을 상대로 사기를 쳤다는 말이 된다. 그러다 보니 학생회장 폴에게 더 확실한 증거를 요구할 수밖에 없었다.

"보여드리지요. 노블레스 클럽 소속이신 재학생 계십니까?"

그러자 시민 학생들과 떨어져 있던 남학생 하나가 손을 들었다. 이곳에 있는 학생들 중 노블레스 클럽에 가입한 학생은 한 명뿐이었다.

노블레스 클럽 재학생들 대부분이 화폐 실명제 통과에 관심이 쏠려 있어 학생회 입찰에 대해서는 신경도 쓰지 않았다.

이 남학생도 노블레스 클럽 선배들이 살펴보고 오라고

해서 억지로 참석한 경우였다.

폴은 그 남학생을 향해 질문을 던졌다.

"피라미드 투자 상품이 제국은행의 사기 행각이라는 소식을 부모님이나 다른 귀족 분들에게 들으신 적이 있으십니까?"

남학생 하나가 머뭇거리며 대답을 망설였다. 모든 학생들이 자신을 쳐다보니 부담되기도 했고 무서웠기 때문이다.

"정말 중요한 문제입니다. 대답해 주십시오."

폴의 간절한 요청에 그 남학생은 마지못해 대답했다.

"최근 귀족가에서 그런 소문이 돌고 있긴 합니다. 대부분의 의원들이 환불받으려고 한다는 소문이 있긴 한데…… 헉!"

갑자기 학생들이 소강당 밖으로 뛰어나갔다. 얼마나 급하게 나갔는지 몇몇 학생들은 몸이 엉켜 넘어지기까지 했다.

노블레스 클럽에서 파견 나온 남학생은 무섭게 뛰쳐나가는 학생들의 기세에 다급하게 옆으로 피했다. 점점 학생들의 수가 줄어들자 그도 슬그머니 몸을 돌려 나가려고 했다.

그때, 뒤에서 학생회장 폴의 목소리가 들렸다.

"거기 노블레스 클럽에서 나오신 분께 부탁이 있습니다."

예전 같으면 들은 체도 하지 않았겠지만, 학생회와 돈독한 관계를 맺으라는 부모님의 명령 때문에 남학생은 발걸음을 멈췄다.

"무슨 부탁입니까?"

"교문 입구에 신문 동아리에서 준비한 호외를 만들어 뒀습니다. 학생회가 시민들에게 이걸 뿌릴 겁니다. 여러분들은 원로원 의원분들께 좀 전해 주시지 않겠습니까?"

호외란 긴급한 일이 발생했을 때 임시로 발행하는 신문을 말한다.

남학생은 마지못해 대답했다.

"알겠습니다. 회의에 참석하신 아버지께 전해 드리지요."

*　　　*　　　*

이번 원로원 회의는 과거와는 사뭇 달랐다.

우선 의사당이 무너지는 바람에 장소를 내무부 대회의실로 옮겼다.

장소뿐만 아니라 회의를 주관하는 인물도 바뀌었다.

지금껏 원로원 회의를 주관했던 클라우스 의장이 식물인간 상태가 되면서, 의장석에는 골드만 백작이 앉아 있었다.

많은 것들이 급격하게 바뀌다 보니 회의 분위기도 예전

과 달리 어수선했다. 시끄럽지는 않았지만 의원들이 회의에 집중하지 않는다는 인상을 강하게 받았다.

"커흠, 그래서 올해 내무부에서는 치안 강화를 위해 인력을 보강하고……."

연설대에서는 내무대신이 어수선한 치안을 강화하기 위한 대책에 관해 발표하고 있었다.

특별히 찬조 연설자가 앉는 자리에는 소로스 제국은행장이 앉아 있었다. 그는 자신이 포섭한 행정부 대신 가버먼트 백작과 마주 보며 대화를 나누고 있었다.

"은행장님, 곧 있으면 고지가 눈앞이네요."

"이게 다 의원님이 도와주셔서 가능한 일 아니겠습니까. 제가 이 은혜는 잊지 않겠습니다."

소로스 제국은행장은 평소와 다르게 손에서 땀이 흘러내렸다. 내무대신의 발표가 끝나면 곧바로 화폐 실명제에 대한 안건을 상정할 차례다.

은행장이 원로원 회의에 참석한 이유는 화폐 실명제 때문이다. 보통 새로운 안건이 상정되면 전문가의 의견을 듣는 것이 관례이기에 소로스 은행장이 초대받은 것이다.

"자, 내무대신이 발표한 내용 중에 궁금하신 사항이 있으면 손을 들고 질문해 주시기 바랍니다. 또한 건의하실 내용이 있으면 손을 들고 말씀해 주시기 바랍니다."

의장 자리에 앉아 있는 골드만 백작의 목소리가 거대한 회의실 안을 쩌렁쩌렁 울렸다.

'빨리 넘어가자. 얼른 화폐 실명제 안건으로 넘어가자고…… 젠장!'

"건의할 내용이 있습니다."

"저는 질문이 있습니다."

재무대신 계파의 의원 하나와 교육부 대신 계파의 의원 하나가 동시에 자리에서 일어나 앞으로 걸어 나왔다.

대표적인 진보파라 불리는 재무대신 계파의 의원과 보수파로 분류되는 교육부 대신 계파의 의원이 보조 연설대 앞에 섰다.

"어떤 의견입니까?"

임시 의장을 맡고 있는 골드만 백작의 질문에 두 사람은 연설대 위에 두꺼운 서류 뭉치를 올려놓았다.

"저 작자들이 뭐하는 겁니까?"

"잘 모르겠습니다. 저도 내무대신에게 안건에 대해 전해 들은 것이 없어서요."

소로스 은행장은 시간을 끌려고 작정한 두 사람을 보며 주먹을 움켜쥐었다. 만약 회의 시간이 길어져 7시가 넘어가면 상정되지 않은 안건에 대해서는 다음 회기로 밀려나게 된다.

소로스 은행장이 입고 있는 조끼에서 거칠게 시계를 꺼내 들었다.

현재 시각 6시.

한 시간 정도의 여유는 남아 있었다.

그러나 소로스 은행장의 손바닥에서 땀이 멈추질 않았다. 그만큼 초조하다는 증거였다.

"첫 번째 발언에 대한 답변을 하겠습니다."

'치안대 기강이 무너진 게 아니냐?'라는 재무대신파 의원의 질문에 주 연설대에 서 있던 내무대신의 반격이 시작되었다.

여러 가지 대책과 보안책을 내놓았지만 결론은 돈이었다. 예산이 부족해 치안대의 질을 높이지 못하고 있다는 핑계를 댔다.

예산을 더 늘려 달라는 내무대신의 발언은 질문을 던진 재무파 의원의 미간을 좁아지게 만들었고, 질문과 답변으로 시작된 대화는 싸움으로까지 번지게 되었다.

결국 의장인 골드만 백작이 망치를 두들기고 나서야 겨우 싸움이 끝났다.

"안건 발의자와 질문한 의원의 말 모두를 들어 보았습니다. 그럼 이제 건의 사항에 대한 다른 의원분의 의견을 들어 보겠습니다."

"두 분의 좋은 의견 존중합니다. 물론 두 분의 의견 어느 하나도 버릴 것이 없다고 생각합니다만, 치안대원들이 너무 쓸데없이 이리저리 불려 다니는 것은 아닌가 하는 생각이 들었습니다. 내무대신이 요구하신 예산 문제도 좋고, 의원님이 질문하신 기강 문제도 좋습니다. 하지만 치안대 배치에 대해서 좀 더 신경을 써 주셨으면 좋겠습니다. 특히 구시가지 같은 곳은 인원을 줄이고 신시가지에 치안대를 좀 더 집중하는 것이 어떨까 합니다."

결국 내무대신이 요구한 예산 확충 건은 과반수 투표에 실패하면서 안건이 취소되었다. 몇몇 의원들은 한숨을, 몇몇 의원들은 박수를 치며 좋아했다.

이때 시간이 6시 50분.

소로스 은행장은 안도의 한숨을 쉬며 다음 안건에 대해 잔뜩 기대하고 있었다.

*　　　*　　　*

종이꾸러미를 든 남학생이 내무부 건물을 향해 뛰어왔다. 남학생의 움직임이 입구를 지키는 기사들에 의해 잠시 저지되었지만 보석이 박힌 신분증을 보여 주자 통과시켜 주었다.

남학생은 종이꾸러미 몇 장이 떨어지는 것도 모르고 의회가 열리는 회의장으로 뛰어갔다.

"이게 뭐지? 신문인가?"

기사 하나가 떨어진 종이를 들고 살펴보았다. 종이를 읽던 기사의 창끝이 심하게 떨리기 시작했다.

"갑자기 왜 그래? 무슨 내용이기에 손까지 떨고 그러나."

옆에 있던 동료가 신문을 뺏었다. 그리고 종이의 내용을 확인하는 순간 얼굴이 창백해졌다.

"이 개새끼들이 감히 내 돈을!"

두 기사는 입구에 창을 던지고는 어디론가 급하게 뛰어갔다.

그 시각.

폴의 부탁을 받은 남학생은 오른쪽 허리춤에 호외를 끼우고는 왼손으로 회의실 문을 조심스럽게 열었다.

그러고는 안으로 들어와 아버지를 찾기 시작했다. 그는 고개를 두리번거리다가 연설대에서 내려오는 아버지를 발견하고는 재빨리 뛰어갔다.

"아버지."

"여기가 어디라고 마음대로 들어오는 것이냐. 이곳이 놀이터인 줄 아느냐. 썩 집에 들어가도록 해라."

그의 아버지는 방금 내무대신에게 질문을 던진 재무대신

파 의원이었다.

"이거 받으세요. 꼭 보셔야 해요."

그 말을 남기고는 남학생은 회의실 밖으로 뛰어갔다.

"도대체 이게 뭐기에 저 녀석이?"

갑자기 원로원 회의장에 들어온 자식의 모습에 놀라 나무라기는 했지만 뭔가 이상했다. 평소에는 얌전하고 말도 없는 자식이 이렇게 찾아왔을 때는 이유가 있다고 생각했다.

아들이 준 것은 아카데미에서 임시로 발행한 호외였다.

그는 제목을 보는 순간 충격을 받았는지 몸을 휘청거렸다. 겨우 벽에 의지해 일어난 의원이 옆에서 자신의 모습을 이상하게 쳐다보는 동료 의원에게 들고 있던 종이뭉치를 넘겼다.

소로스 은행장이 급한 걸음으로 연설대에 올랐다. 찬조 연설자로 나선 은행장은 화폐 실명제의 장점에 대한 설명을 장황하게 시작했다.

"가증스러운 새끼! 감히 원로원을 상대로 사기를 쳐?"

소로스 제국은행장을 적대적으로 바라보고 있는 시선이 점점 늘어나고 있었다.

"화폐 실명제에 대한 찬조 연설자로 소로스 제국 은행장을 모시겠습니다."

"제국은행에서 여러분의 재산을 지키는 소로스라고 합니다. 존경하는 의원들 앞에 서게 되니 부끄럽기도 하고 두렵기도 합니다. 하지만 제국의 찬란한 미래를 위해서라면 꼭 필요한 제도라고 판단해서 용기를 내어 이 자리에 서게 됐습니다. 부족한 부분이 있더라도 너그럽게 봐 주셨으면 합니다. 우선 화폐 실명제의 목표는……."

입에 기름칠을 해도 이것보다 더 말을 잘하지는 못할 것이다. 소로스 은행장은 온 힘과 열성을 다해 연설했다.

모르는 사람이 보면 정계에서 수십 년은 굴러먹은 의원이라고 해도 믿을 정도다.

소로스 은행장은 제국의 화폐 발행권을 손에 넣기 전에 꼭 필요한 화폐 실명제를 통과시키기 위해 사활을 걸었다. 하지만 시간이 지날수록 자신에게 우호적이었던 공기가 점점 적대적으로 바뀌는 것을 보며 당황한 기색이 보였다.

"……이와 같은 이유로 화폐 실명제는 건전한 예산과 투명한 집행을 위해서 반드시 필요하다고 주장합니다."

장장 한 시간 동안 계속되던 소로스 은행장의 찬조 연설이 끝이 났다.

회의 종료 시간인 7시가 훨씬 넘었지만 상관하지 않았다. 어차피 7시 전에 상정된 안건은 결론을 내려야 하기 때문이다.

상정된 안건은 어떻게 해서든지 결론을 내야 하는 것이 원로원 의회의 전통이었다.

소로스 은행장은 고개를 들었다.

'도대체 무슨 일이야? 방금 전까지 웃으며 다가오던 자들이 왜 저런 눈빛으로 나를 보고 있는 거지?'

뭔가 이상하다. 자신의 연설은 더할 나위 없이 완벽했다. 몇 번이고 수정하면서 단어 하나하나까지 신경을 기울여 작성한 연설문이니 잘못됐을 리가 없다.

하지만 이건 이상하다. 뭔가 이상해.

소로스 은행장은 찜찜한 기분으로 의원들을 바라보았다.

은행장의 찬조 연설이 끝나자마자 골드만 백작은 망치를 두들겼다.

"자자, 시간이 많이 지체된 관계로 질문은 생략하고 바로 투표로 들어가겠습니다. 의원 분들은 투표소에 들어가 자신의 소중한 한 표를 행사해 주시기 바랍니다."

의원들이 모두 일어났다.

그들은 다른 안건들에 대해서는 서로 상의하며 투표하던 것과는 달리 아무 말도 하지 않았다. 투표를 마치고 나온 의원들 모두 소로스 은행장을 노려보며 자리에 앉았다.

소로스 은행장의 눈빛이 흔들렸다. 뭔가 이곳에 더 머물

다가는 큰 봉변을 당할 것 같은 예감이 들었다.

'일단 빠져나가자. 무슨 일이 벌어졌는지 확인하고 대책을 세워도 늦지 않다.'

의원들이 투표하는 틈을 타 회의장을 빠져나가려던 은행장의 계획은 골드만 백작에 의해 저지되었다.

"은행장, 결과는 듣고 가셔야 하지 않겠습니까?"

골드만 백작이 의미심장한 눈빛으로 소로스 은행장을 바라보았다. 소로스 은행장의 팔에 섬뜩한 닭살이 돋아났다.

"제가 바쁜 일이 있어서 먼저……."

"의원 여러분. 소로스 은행장이 바쁘다고 하는데 거수로 표결하는 것이 어떻겠습니까? 한 분이라도 찬성하지 않으시면 기존의 비밀 투표 방식으로 가겠습니다. 거수투표에 찬성하시는 분들은 손을 들어 주시지요."

임시 의장인 골드만 백작의 말이 끝나기가 무섭게 여기저기서 의원들의 손이 올라갔다. 단 한 명도 빠짐없이 전원 손을 들었다.

"그럼 화폐 실명제 투표를 거수로 진행하겠습니다. 찬성하시는 분은 손을 들어 주십시오. 망치를 세 번 칠 때까지 손을 들어 주시면 유효표로 인정하겠습니다."

땅!

의원들이 좌우를 살피며 동료 의원들의 눈치를 보았다.

땅!

의원들 모두가 소로스 은행장을 노려보고 있었다.

땅!

결국 아무도 손을 들지 않았다.

소로스 은행장의 표정이 굳어졌다. 오싹한 기운이 등줄기를 타고 올라온다.

"그럼 반대 의견에 손을 들어 주십시오."

땅! 하는 소리와 함께 기다렸다는 듯이 손을 들었다.

한 명도 빠짐없이 화폐 실명제 안건에 대해 반대표를 던졌다. 원로원 의회 역사상 전원 반대표는 처음 있는 일이었다.

"결국 이렇게 되는군. 당신들 생각을 잘 알았으니 각오하는 것이 좋을 거야."

소로스 은행장은 거친 발걸음으로 회의장을 빠져나가려고 했다. 그런데 입구를 지키던 기사들이 일제히 문 앞에서 비킬 생각을 하지 않는다.

"이게 무슨 짓이오! 재무대신!"

"아직 회의는 끝나지 않았습니다."

골드만 백작이 자리에서 일어나 의원들을 바라보며 소리쳤다.

"의장의 고유 권한으로 긴급 안건을 상정할까 합니다."

골드만 백작은 의장석에서 소로스 은행장을 쳐다보며 섬뜩한 미소를 지었다.

"제국은행에서 판매한 피라미드 투자 상품을 구입하여 피해 본 고객들에 대한 보상 건에 대해 존경하는 의원 분들의 의견을 묻고자 합니다. 이 안건에 찬성하시는 분은 손을 들어 주십시오."

소로스 은행장이 눈을 치켜떴다.

Chapter 10.

지금 만나러 간다

제국의 수도 그라프에 광풍이 불어닥쳤다.

건국 이래 처음으로 폭동이 일어난 것이다. 대륙 전쟁이 터졌을 때도 일어나지 않았던 폭동이 작은 종이 쪼가리 하나로 인해 제국 전역으로 퍼져 나가고 있었다.

아카데미에서 발행된 호외를 본 시민들의 표정은 충격과 공포, 그 자체였다.

처음 호외를 본 시민들은 그 내용을 믿지 않았다. 오히려 아카데미에 몰려가 학생 교육 똑바로 시키라는 항의를 했다. 하지만 뒤이어 퍼진 원로원 회의 결과를 전해 들은 시민들은 일제히 제국은행으로 달려가기 시작했다.

원로원에서 피라미드 투자 상품 보상 건이 발표되는 순간 제국은행에 대한 절대적인 믿음은 분노로 변했다.

그나마 원로원 발표 이튿날 아침에 제국은행을 방문한 시민들은 원금이라도 건질 수 있었다. 하지만 이틀이 지나자 제국은행이 보유했던 막대한 현금은 바닥이 나 버렸다.

그때 제국은행장이 광분한 시민들 앞에 나타났다.

금방이라도 자신에게 달려들려고 하는 시민들에게 당당한 모습으로 약속했다.

"지금 대륙 전역에 퍼져 있는 지점들이 보낸 현금이 오고 있으니 삼 일만 기다려 주시오. 반드시 여러분의 재산을 지켜 드리겠습니다."

너무도 당당하게 약속하는 은행장의 모습에 시민들의 광기가 누그러졌다. 어리석은 시민들은 이번에도 은행장의 말을 철석처럼 믿었다.

시민들 입장에서는 은행장 말을 믿는 것 말고는 별 도리가 없었다.

'제국은행이 이대로 끝나지 않을 거야.'

'그들이 가지고 있는 지점만 해도 몇 개인데. 지금은 일시적으로 현금이 부족한 상황일 거야.'

'분명히 안전장치가 있을 거야.'

시민들은 또다시 헛된 희망을 붙잡았다.

하지만 실낱같은 희망은 삼 일을 넘지 못했다.

시민들이 은행장이 약속한 날짜에 본점 건물에 도착했을 때는, 영업 정지라는 팻말과 함께 굳게 문이 잠겨 있었다.

속았다는 것을 깨달은 시민들이 폭도의 무리로 변하는 건 순식간이었다.

폭도로 변한 시민들은 제국은행 건물을 부수기 시작했다. 입구를 부수고 건물 1층을 뒤져 봐도 은행원들의 그림자조차 보이질 않았다.

몇몇 시민들은 돈 될 만한 것들을 훔쳐 갔고, 하나도 못 건진 시민들은 보이는 대로 파괴했다. 시민들은 성난 이리 떼처럼 한 층씩 올라가며 희생양을 찾고 있었다.

*　　　*　　　*

9층 은행장실.

소로스 제국은행장은 창가에 서서 먼 하늘을 바라보고 있었다.

"은행장님, 빨리 몸을 피하십시오. 폭도들이 곧 있으면 여기까지 들이닥칠 겁니다."

부은행장은 다급한 표정으로 소로스 은행장에게 소리쳤다.

지금 비밀 통로를 이용한다 해도 무사히 빠져나간다고 장담할 수 없었다. 지금도 바깥에는 시민들이 구름 떼처럼 몰려들고 있었다.

　"차나 한잔하지."

　소로스 은행장은 느긋한 표정으로 푹신한 소파에 몸을 맡겼다.

　"지금 차나 마실 때가 아닙니다. 죽을지도 모른다고요!"

　반평생 소로스 은행장을 옆에서 모셨던 부은행장은 이해할 수 없다는 표정을 지었다. 평소의 은행장 성격이라면 벌써 국경 밖으로 빠져나갔을 것이다.

　어떻게 해서든 살아남아야 후일을 도모하여 기회를 노릴 수 있기 때문이다. 하지만 원로원에 다녀온 뒤로 은행장은 9층에서 한 발자국도 나가지 않았다.

　이제 폭도들이 몰려들 것이고, 운 좋게 폭도들을 피하더라도 은행장을 기다리고 있는 것은 차가운 철창이다.

　부은행장이 소리치는데도 소로스 은행장은 묘한 미소를 지을 뿐 대답하지 않았다. 부은행장이 자신의 가슴을 두들기며 답답하다는 표정을 지었다.

　"은행장님, 정말 시간이 없습니다. 가만히 있지 마시고 명령이라도 내려 주십시오."

　"차 한 잔 달라고 하지 않았나."

"제기랄!"

결국 부은행장은 소로스의 고집을 이길 수 없었다. 그는 녹차 한 잔을 은행장에게 내밀었다.

"자네가 내 곁에 머문 지가 얼마나 됐지?"

"아카데미 시절부터 모셨으니 30년쯤 되었습니다."

"그래. 그때가 즐거웠지."

소로스 은행장은 녹차를 한 모금 머금으며 학생 시절을 떠올렸다. 그는 은행장이 된 후 처음으로 환하게 웃었다.

흑마법사 훈련을 받고 정적들을 제거하며 잃어버렸던 웃음이 모든 것을 내려놓은 뒤에야 찾아왔다는 사실이 기막힐 따름이다.

"30년 동안 내 수발을 들었는데 퇴직금이라도 챙겨야지."

소로스가 부은행장에게 봉투 하나를 내밀었다.

"이게 뭡니까?"

"별거 아니네. 작은 선물 정도라고 해 두지."

봉투 속에 내용물을 확인한 부은행장은 깜짝 놀랐다. 그 안에는 백만 골드에 달하는 무기명 채권이 들어 있었다.

"너무 많습니다."

"아니야. 성질 더러운 상사 옆에서 30년 동안 버텼으면 그 정도는 받을 자격이 충분해."

소로스 은행장은 차를 다시 입에 댔다.

"우습지? 화폐 실명제를 통과시키려던 내가 무기명 채권 따위를 간직하고 있다니. 크크큭."

소로스 은행장은 찻잔에서 입을 떼지 않았다. 차 맛을 느낄 수 있는 이 순간을 영원히 간직하려는 사람처럼 보였다.

"이만 가 보시게. 손님이 오는 모양이군."

하지만 부은행장은 대답이 없었다. 평생 은행장 곁을 지키던 그가 신처럼 받들던 소로스 은행장을 놔두고 가려니 차마 발이 떨어지지 않는 모양이다.

"자네라면 내가 배신과 불복종을 가장 싫어한다는 것 정도는 알고 있을 텐데. 내가 차를 다 마신 뒤에도 자네 모습이 보이면 죽일 것이야."

소로스 은행장의 눈동자 전체가 새까맣게 변했다.

은행장과 시선이 마주친 부은행장의 얼굴이 새하얗게 질렸다.

"이 은혜 잊지 않겠습니다. 평생 은행장님께 감사하며 살겠습니다."

"그래. 30년간 고생만 했으니, 30년 동안은 행복하게 사시게."

부은행장의 떨리는 다리를 부여잡고 벽난로를 향해 다가갔다. 그러고는 벽난로 안쪽에 교묘하게 숨겨진 손잡이를 잡아당겼다.

벽난로 안쪽에 어두운 공간이 나타났다. 그 속에서 거센 바람이 밀려왔다. 건물 바깥과 연결되고 있다는 증거였다.

부은행장은 비밀 통로에 들어가기 전 다시 한 번 소로스 은행장에게 허리를 숙였다. 몸을 돌려 비밀 통로에 몸을 쑤셔 넣으려는 순간 그의 얼굴에 당혹스러운 빛이 떠올랐다.

목 뒤에서 엄청난 통증이 밀려왔다.

"은혜를 아는 새끼가 주인을 놔두고 혼자 살겠다고 비밀 통로로 도망쳐?"

부은행장의 목을 잡고 있는 손가락의 주인은 소로스 은행장이었다. 부은행장은 살았다고 안심하는 순간 믿고 따랐던 주인의 손에 잡혀 허공에 대롱대롱 매달렸다.

"갑자기…… 왜, 그러십니까. 크으으!"

"내가 제일 싫어하는 것이 배신과 불복종이라고 했지? 그 말은 배신을 가장 싫어한다는 말이야."

부은행장의 입에서 게거품이 꾸역꾸역 흘러나왔다.

소로스 은행장의 손에서 죽음의 기운이 흘러나와 그의 몸에 있는 생기를 빨아들이고 있었다. 그의 몸이 점점 말라 비틀어졌다.

"쓸데없는 네놈의 몸뚱이는 유용하게 사용하도록 하지."

부은행장의 몸이 축 늘어졌다. 분명히 죽었는데 그의 얼굴근육과 두상이 멋대로 움직이기 시작했다.

움직이는 건 부은행장 시신만이 아니었다.

그의 목을 잡고 있는 은행장의 얼굴 근육과 두상이 함께 움직였다.

소로스 은행장은 부은행장의 시신을 비밀 통로 속에 던져 버렸다. 그러고는 거울을 향해 다가왔다.

"마음에 들지 않지만 어쩔 수 없지."

거울 속에서 놀라운 일이 일어났다. 방금 은행장의 손에 죽었던 부은행장의 얼굴이 거울 속에서 생생하게 살아났다.

소로스 은행장은 흑마법을 이용하여 상대의 얼굴을 빼앗았다. 얼굴을 되돌릴 수 없다는 단점이 있지만 위기의 순간을 벗어날 수 있게 만들어 주기 때문에 고위 흑마법사라면 필수로 숙지하는 마법이다.

소로스 은행장은 기분 나쁜 표정으로 거울을 깨뜨렸다. 유리 조각들이 사방으로 퍼지며 바닥에 흩어졌다.

은행장은 소파로 다가와 편안하게 찻잔을 들었다. 은행장으로서의 마지막 차를 즐기려는 듯이 눈을 지그시 감고 맛을 음미했다.

두두두두두두!

9층으로 올라오는 계단에서 수백 명의 발자국 소리가 들려왔다.

발자국 소리가 점점 커진다.

"이제 연극을 시작해 볼까?"

소로스 은행장은 천천히 찻잔을 내려놓고 바닥에 떨어진 유리조각 하나를 손에 쥐었다. 그러고는 얼굴과 팔에 쑤셔 넣고는 사정없이 그어 버렸다.

＊　　　＊　　　＊

제국은행장의 죽음.

제국은행장이 비밀 통로로 탈출하려다가 죽었다는 소식이 제국 전역을 뒤흔들었다. 하지만 더 충격적인 사실은 은행장이 흑마법사에게 죽었다는 소문이었다.

치안대가 은행장실에 도착했을 때는 피투성이가 된 부은행장밖에 없었다. 그는 난로를 가리키며 비밀 통로의 존재를 알려 주었다. 서둘러 치안대가 비밀 통로에 들어갔을 때 이미 은행장은 죽어 있었다.

그들이 발견한 것은 온몸이 말라 버린 시신이었다. 악취가 진동하는 가운데 시체라면 당연히 보여야 할 파리와 구더기가 보이지 않았다. 파리와 구더기마저 피할 정도로 강한 흑마법의 기운이 시체에 남아 있었다.

"커컥!"

"우읍!"

멋모르고 시체 근처로 다가간 치안대원 몇 명이 코에서 피를 흘리며 쓰러졌다. 바람이 통하는 공간에서도 흑마법의 기운이 완전히 사라지지 않았다.

"이게 말이 된단 말인가?"

"지독한 마법이다. 지금 상태로는 시체를 끌고 나올 수 없다."

치안대원들의 보고를 받은 고위층들은 전율했다. 바람이 잘 통하는 공간에서도 정화되지 않는 흑마법의 지독함에 다들 두려워했다.

황실에서는 원로들을 불러 상의했다. 원로들은 진상을 파악하기 위해서 다인 왕국 성기사들을 불러야 한다고 주장했다.

제국의 황제는 다인 왕국에 있는 교황에게 요청하였고, 교황은 긍정적인 답변을 보냈다.

보름 뒤, 교황청에서 파견한 성기사단이 제국의 수도, 그라프의 성문을 통과했다. 그들은 도착하자마자 제국은행 은행장실에 있는 비밀 통로로 들어가 시체를 끌고 나왔다.

그때부터 시신을 조사하기 위해 검시관이 파견되었다. 소로스 은행장의 키나 신체 골격과 차이를 보인다는 의견도 있었으나, 얼굴에 대해서는 이구동성으로 은행장과 일치한다는 판정을 내렸다.

＊　　　＊　　　＊

"제국 은행장이 죽었다고? 그것도 흑마법에 의해서?"

아카드의 눈이 깊게 가라앉았다.

소로스 은행장이 죽었다는 얘기는 소문으로 들었지만 믿지 않았다. 루빈의 장례식장에서 만난 은행장은 그렇게 쉽게 죽을 인물이 아니었다. 자신이 대항하지 못할 정도로 은행장은 남몰래 무서운 힘을 숨기고 있었다.

'은행장의 자식이 흑마법으로 공격하는 바람에 MT에서 죽을 뻔했는데, 본인은 흑마법에 당해 죽었다고? 말이 되는 소릴 해야지.'

아카드는 검시관의 대부분이 소로스라고 판정을 내렸다는 소식에 남들과 다른 생각을 했다.

'은행장은 아직 살아 있다.'

오히려 검시관의 이야기를 듣자마자 더 강한 확신이 들었다. 특히 고스트가 전해 준 정보에 의하면 은행장과 비교할 때, 시체의 골격과 키에서 다소 차이가 있다고 평가한 검시관이 많았다고 한다.

'당분간 두더지처럼 숨어서 나오지 않겠군.'

일단 소로스 은행장을 향한 복수는 멈춰야 했다. 아버지를 치료해야 하는 상황에서 더 이상 시간 낭비할 틈이 없었다.

빨리 다음 복수 상대로 바꿔야 한다.

아카드는 손에 들고 있던 설계도를 펼쳤다.

경비가 삼엄하고 저택 구조도 복잡했지만 제국은행 비밀금고에 잠입한 것과 비교하면 이번 잠입은 쉬운 축에 속했다.

"나와 마주쳤을 때 꽤 그럴싸한 핑계를 준비해야 할 거야."

아카다의 눈동자가 활활 타올랐다.

*　　*　　*

시민들에게 제국에서 가장 비싼 땅이 어디냐고 묻는다면 대부분 귀족 지구라고 대답할 것이다. 그중에서도 가장 전망이 좋고 신시가지가 훤히 내려다보이는 클라우스 공작의 저택은 아름답고 전망이 뛰어난 저택으로 유명하다.

하지만 그만큼 경비도 삼엄하다.

초대장을 받은 손님이 없으면 저택 주변은 마법 안개로 뒤덮여 있다. 혹시라도 있을지 모르는 외부의 감시를 원천적으로 차단하기 위해서다.

도둑들 사이에서는 한 번 들어가면 나오지 못한다 하여 제국은행과 더불어 금지로 지정될 정도로 경비가 삼엄하다.

안개 낀 지역을 멀리서 지켜보는 두 남자가 있었다.

"돈이 썩어 나네. 도대체 마법 안개 생성기를 몇 개나 설치해야 저 넓은 저택이 전부 가려지는 거야?"

"준비는 다 됐겠지?"

"저를 못 믿으십니까? 옛날의 평범한 길드원이 아닙니다. 지금은 길드장이라고요!"

아카드는 클라우스 공작가에 침투하기로 결심했다.

그의 명령을 하달받은 고스트와 길드원들은 클라우스 공작가의 약점을 찾기 위해 즉시 움직였다.

고스트의 특별 명령을 받은 길드원들은 어디론가 사라졌고, 나머지 길드원들은 50미터 밖에서 클라우스 공작가를 감시했다.

길드원들 대부분이 암살자 출신이라 은신과 잠입, 그리고 감시에 관해서는 프로였다. 그들은 클라우스 기사들에게 걸리지 않는 최소한의 거리에서 밤낮으로 저택 주변을 감시했다.

한 달 동안 주야간 2교대로 인원을 나누어 쉬지 않고 감시가 계속되었다. 방문자는 물론이고 저택을 들락거리는 것이라면 어떤 것이라도 빠짐없이 기록했다.

가장 먼저 클라우스 기사단에 대해 조사했다.

제국 최강의 기사단이라 불리며 빈틈이 없는 것처럼 보이지만, 이 기사단에도 한 달에 한 번 빈틈이 생겼다. 월급날이 되면 기사단 내에서 잔치가 열린다.

잔치가 열린다고 해서 지키는 사람이 없어지는 건 아니지만 경비의 수준이 평소에 비해 반 정도 줄어든다는 단점이 있었다.

두 번째로 구성원이 많은 집단에서 흔히 나타날 수 있는, 문제점이라 할 수 없는 문제점이 드러났다.

저택 안에는 하녀와 집사, 기사들까지 항상 수십 명의 사람들이 상주한다. 단체 생활을 하다 보면 생필품은 빨리 떨어지기 마련이다.

클라우스 저택에도 다른 집단들처럼 일주일에 두 번 정도 주거래 상단이 생필품을 직접 배달한다.

고스트 길드는 곧바로 상단을 미행했다.

상단의 이름은 토즈 상단. 상단주가 클라우스 가문 방계 출신에다가 능력도 뛰어나 클라우스 가문의 주거래 상단 자리를 몇 년간 지켜오고 있었다.

고스트 길드가 발견한 약점은 이 두 가지가 전부다.

정보를 분석한 아카드는 오늘이 절호의 기회라고 판단하

고 작전을 실행하였다.

오늘이 기사들의 월급날인 데다가 토즈 상단에서 마차가 도착하는 날이기 때문이다.

*　　　*　　　*

"벌써 오늘이 토즈 상단이 배달 오는 날인가?"

"그렇습니다. 선배님."

기사 두 명이 자신들의 구역으로 다가오는 마차를 보며 이야기를 나누었다.

"저택을 출입하는 상인들 얼굴 정도는 외웠겠지?"

"전부 동일합니다. 기사분과 마차를 모는 분까지 모두 동일 인물입니다."

"뒤에 실린 물건은 확인했나?"

"2조 선배님들이 꼼꼼하게 확인하신 거 같은데, 제가 다시 확인해 볼까요?"

"관둬. 앞의 조가 확인했으니 이쪽으로 보냈겠지. 그리고 신입, 괜히 자기들 못 믿느냐고 따지고 들면 서로 피곤해져."

어차피 상단에서 배달된 물건은 각 조마다 역할을 나눠서 조사한다. 물건이야 다른 조에서 확인했을 테니 자신은 상인 얼굴만 확인하면 임무는 끝이라고 생각하며 기사들은 상인들이 끌고 온 수레를 통과시켰다.

어차피 물건 나르는 일은 지루할 정도로 반복적이기 때문에 굳이 자세하게 살펴보지 않았다.

＊　　＊　　＊

'이곳이 주방인가?'

수레 밑에 매달려 공작가 내부로 침입한 아카드는 아무도 눈치채지 못하도록 모래 바닥에 뛰어내린 후 주방으로 들어왔다.

오늘은 한 달에 한 번 열리는 기사단의 잔칫날이라 그런지 주방의 요리사들은 음식을 만드느라 주변 인물에 대해 신경 쓸 여력이 없었다. 아카드는 벽에 걸려 있는 앞치마와 위생 모자를 눌러쓴 후, 은근슬쩍 저택 내부로 들어갔다.

주방에 있는 그 어떤 요리사도 아카드에 대해 신경 쓰는 사람은 보이지 않았다.

"이쪽이 공작 침실로 가는 방향인가?"

고스트가 구해 준 저택 설계도를 통째로 외웠기 때문에 돌아다니는 데 불편함은 없었다. 단지 클라우스 공작 침실에 다가갈수록 갑옷 입은 기사들의 숫자가 늘어나고 있었다.

아카드는 기둥에 몸을 숨긴 후, 실리안을 불렀다.

"공작 침실까지 몇 명이 있는지 조사해 봐."

"다섯 명."

"벌써 확인했어?"

"마스터가 스스로 행동하라고 했잖아."

"했잖아?"

"요."

아카드는 인상을 찌푸렸다. 잔칫날이라고 해서 기껏해야 한둘 정도의 기사만 있는 줄 알았는데 다섯 명이라니 예상보다 까다로웠다.

"마스터! 다 죽어 가는 노인이 누워 있는 침실이 목적지라면 이 길이 아니라도 갈 수 있지."

"진짜야?"

"내가 말이지, 바람의 정령들 중에서도 특별하게……."

"시간 없는데 그만하시지?"

"끙!"

아카드는 바람과 같은 속도로 사라졌다.

*　　　*　　　*

아카드는 실리안 덕분에 작은 별채 하나를 찾아냈다.

외관은 저택의 분위기와 어울리지 않게 아담하고 수수했
지만 이곳에 출입이 가능한 사람은 클라우스 가문 내에서
도 가주인 공작과 후계자 루시르뿐이다.

아카드는 다른 곳에서 그랬던 것처럼 태연하게 별채의
문을 열었다.

스무 평 남짓 될까?

별채 내부는 한여름에 와도 한기를 느낄 만큼 전체적으
로 썰렁한 분위기를 풍겼다.

"뭐야? 공작의 침실이 확실해?"

"확실하다니까! 좀 믿고 삽시다."

공작의 침실이라고 생각하기에는 너무 허전하다.

사방은 온통 검은색이고 있는 가구라고는 책장, 책상, 탁
자, 의자가 다였다.

방 전체를 자세히 살펴보던 아카드의 귀에 미세한 숨소
리가 들렸다. 검은색 두꺼운 커튼으로 가려진 곳에서 미세
한 떨림이 느껴졌다.

실리안은 주변을 감시하겠다며 멋대로 나가 버렸다. 실
리안이 나가자마자 아카드는 커튼을 향해 조심스럽게 다가
갔다.

그러고는 거칠게 커튼을 열어젖혔다.

휙!

쭈글쭈글한 얼굴 위로 검버섯이 가득한 노인이 죽은 듯 누워 있었다. 얼핏 보면 죽은 것 같았다.

하지만 미약하게나마 숨을 쉬고 있었다.

"살아도 죽은 것만 못하네."

노틸러스 제국 막후의 지배자라고 불리는 거물의 모습치고는 너무나 끔찍한 모습이다. 피부는 말라 비틀어졌고 여기저기서 피고름이 흘러나와 이불까지 스며들어 지독한 냄새가 났다.

"제국은행장의 흑마법을 이용해 아버지를 죽이려고 하다가 오히려 잡아먹히고 말았군."

클라우스 공작의 병은 단순히 치료한다고 고칠 수 있는 병이 아니었다. 육체와 정신이 흑마법에 지배되면서 일어나는 부작용이었다.

흑마법사에게 지배되면 처음에는 감기로 시작하다가 얼마 후에는 고열로 인해 온몸이 들끓는다. 마지막에 피부가 썩어 들어가기 시작하면 그것으로 끝이다.

저주계열은 치료방법이 없다.

저주를 건 시전자가 죽거나 최상급 물의 정령사가 치료해 주는 것뿐이었다. 소로스가 행방불명된 이상 지금 당장 누구도 공작을 치료할 수 없다.

아카드도 아직 물의 정령을 깨우지 못하고 있는 상태라

공작의 인생은 여기서 끝이라고 해도 무방하다.

"열심히 벌 받고 있는 것 같으니 일단을 살려 두도록 하지. 하지만 명심해. 당신은 죽어서라도 우리 아버지에게 속죄해야 할 거야. 그렇지 않으면 당신이 평생에 걸쳐 일군 클라우스 가문을 이 땅에서 없애 버릴 거거든."

아카드의 입가가 뒤틀려 올라갔다. 그의 눈에 살기가 활활 타올랐다. 미라처럼 말라 버린 클라우스 공작의 숨소리가 점점 희미해졌다. 이대로 잠시만 지나면 아카드의 살기 때문에 그의 숨은 완전히 끊어질 것이다.

"당신 목숨 값 대신 빚은 확실히 받을 거야. 일단 오늘은 저택의 보물들부터 받아 가도록 하지."

아카드는 커튼을 열어 둔 채 별실 밖으로 나갔다. 그는 나가자마자 실리안에게 명령을 내렸다.

"실리안, 이 저택 안에 정령석이나 마나석이 있는지 알아봐."

"찾아 놨지. 큰 구슬 두 개를 발견했다."

아카드의 눈이 커졌다.

정령이 구슬이라고 하면 정령석밖에 없다.

"앞장서."

클라우스 공작 때문에 목구멍까지 차올랐던 분노가 조금 가라앉는 것 같았다.

＊　　　＊　　　＊

　실리안이 안내한 곳은 저택의 3층이었다.

　"여기가 확실해?"

　"뭐야! 기껏 마스터를 생각해 열심히 뛰어다녔는데 날 의심하는 거야?"

　"의심이 아니라 확실히 하자는 거지. 여기는 아무리 봐도 정령석이 있을 만한 곳이 아닌데."

　아카드는 3층을 둘러보며 고개를 갸웃했다.

　복도에 걸려 있어야 할 고급 미술품은 하나도 보이지 않고, 있는 거라곤 바닥에 깔려 있는 레드 카펫 하나가 전부였다.

　아카드가 점점 의심을 품기 시작하자, 실리안은 기분 나쁘다는 표정으로 방문 하나를 가리켰다.

　"이 방이야! 이 방 뒤져서 큰 구슬 두 개 나오면 어떻게 할 거야? 엉?!"

　저렇게까지 자신만만하게 나오니 아카드도 의심을 접었다. 정찰과 수색에 관해서는 바람의 정령을 따라올 정령이 없다. 지금은 의심하기보다는 믿어 줘야 할 때인 거 같았다.

"안에 사람 있어?"

"아무도 없어."

아카드는 조심스럽게 문고리를 돌렸다.

문을 천천히 열어 보니 생각보다 깔끔한 방이다.

그런데 뭔가 이상했다.

어딘지 모르게 친근하고 익숙한 냄새랄까?

"누구 방이지."

핑크색 벽지와 화장대 위에 놓여 있는 속옷 세트를 보니 여자의 방이 확실하다.

"시녀가 머무는 방인가?"

아카드는 약간 찜찜했지만 정령석만 챙기면 바로 나갈 거기 때문에 크게 신경 쓰지 않았다.

"어디야?"

실리안이 침대 바닥을 가리켰다.

"시녀 주제에 정령석을 가지고 있다면 공작 물품에 손을 댔다는 건가? 큭큭, 클라우스 공작가도 갈 데까지 갔어. 시녀가 금고에 손을 다 대고 말이지."

아카드는 침대 바닥을 손으로 더듬었다. 그의 손에 가방 손잡이가 잡혔다. 당겨 보니 여행용 캐리어다.

"이거 어디서 많이 본 거 같은데?"

"마스터! 누군가 이 방으로 오고 있는데?"

"이 자식이 그걸 이제 말하면 어떻게 해!"

아카드는 실리안에게 성질을 내며 숨을 곳을 찾기 위해 방 전체를 둘러보았다.

그런데 아무리 둘러봐도 숨을 만한 곳이 없다. 침대 아래는 공간이 없고, 옷장도 자신의 몸이 들어가기에 너무 작다.

바로 그때였다.

방문이 열리는 소리가 들렸다.

아카드는 재빨리 문 뒤로 몸을 날렸다.

젊은 여성이 서류와 두꺼운 책을 한 아름 안고 들어왔다. 그녀는 자신이 가져온 것들을 침대 위에 쏟아내고는 울먹였다.

"낙찰됐으면 끝이지, 뭐 이렇게 가져오라는 서류가 많은 거냐고. 어떻게 아카데미 다닐 때보다 요즘이 더 바쁜 거 같아. 그래도 그때가 좋았는데."

그녀는 과거를 떠올리며 침대 위에서 무릎을 흔들었다. 얼굴에는 즐거운 미소가 가득 피어났다.

"맞다! 내 정신 좀 봐! 오늘 속옷 좀 빨아 달라고 분명히 말했는데. 어디 놔뒀지?"

하필 그녀는 정작 속옷 세트가 놓여 있는 화장대 반대 방향부터 시선을 돌렸다.

"서랍에도 없고, 책꽂이 위에도 없고…… 그럼 화장대에 있나?"

책꽂이에서 화장대로 고개를 돌리는 순간 시커먼 그림자를 보았다. 생전 처음 보는 그림자가 그녀의 눈에 띄었다.

"도…… 도, 둑…… 읍!"

문을 열고 빠져나가려고 할 때 단단하고 긴 팔이 그녀의 움직임을 막았다. 남은 한쪽 팔은 그녀의 입을 막아 버렸다.

"지금 억울한 건 난데, 당신이 이렇게 소리치면 내 입장이 상당히 곤란해지지. 안 그래?"

익숙한 목소리.

익숙한 말투.

익숙한 눈동자를 가진 상대의 모습에 그녀의 눈이 큼지막하게 커졌다.

"나한테 해 줘야 할 이야기가 참 많을 것 같은데. 테디, 아니 이제는 에레나 영애라고 불러야 하나?"

〈다음 권에 계속〉